中国历代纪游诗——山思江情

辽宁人民出版社

林东海 选注

ⓒ 林东海　2018

图书在版编目（ＣＩＰ）数据

山思江情：中国历代纪游诗 / 林东海选注 . — 沈阳：
辽宁人民出版社，2018.10（2024.1 重印）
（中国历代古诗类选丛书）
ISBN 978-7-205-09354-9

Ⅰ . ①山… Ⅱ . ①林… Ⅲ . ①古典诗歌 – 诗集 – 中国 Ⅳ .
① I222

中国版本图书馆 CIP 数据核字 (2018) 第 162872 号

出版发行：辽宁人民出版社
　　　　地址：沈阳市和平区十一纬路 25 号　邮编：110003
　　　　电话：024-23284321（邮　购）　024-23284324（发行部）
　　　　传真：024-23284191（发行部）　024-23284304（办公室）
　　　　http://www.lnpph.com.cn
印　　刷：辽宁新华印务有限公司
幅面尺寸：145mm×210mm
印　　张：8.5
字　　数：210 千字
出版时间：2018 年 10 月第 1 版
印刷时间：2024 年 1 月第 3 次印刷
责任编辑：娄　瓴
助理编辑：贾妙笙
装帧设计：丁末末
责任校对：刘宝华
书　　号：ISBN 978-7-205-09354-9

定　　价：70.00 元

清　梅清　黄山十九景图册　之一

清　戴本孝　华山十二景图册　之一

明　程嘉燧　山水图册　之一

東淙泛月

明 文嘉

二洞纪游图册 局部

　　"纪游诗"一词，不闻于古人，不见于古籍。古人关于诗的分类，似未曾设有此目；诗分"纪游"之类，当是今人之所标举。"纪游诗"者，顾名思义，是记录旅游所见所感之诗。所见无非山川风物，所感无非人情世事。然则，以诗之内容而言，则无所不包：征行羁旅，登山览胜，出仕游宦，隐遁求仙，吊古伤时，均可囊括其中。其所包容之宽泛，几近于无涯。然而，任何概念的内涵，都要以一定的社会习俗和社会心理作为依据。随着旅游事业的发展，诗之分类出现"纪游诗"之目，自是不足为奇。根据这一社会风尚，人们所理解的纪游诗，当然也多指旅游登览之作。

　　古人旅游登览之作不乏好诗，所以然者，识者以为得力于江山之助。

　　　　山思江情不负伊，雨姿晴态总成奇。
　　　　闭门觅句非诗法，只是征行自有诗。

　　这是南宋诗人杨万里《下横山，滩头望金华山》四首的第二首。诗的意思是说：为诗之道，要在征行登览，流连光景，自有"山思江情""雨姿晴态"化为奇句妙诗；不能像陈师道那样"闭门觅句"[1]。二十年后，陆游也写了一首《题庐陵萧彦毓秀才诗卷后》：

> 法不孤生自古同，痴人乃欲镂虚空。
> 君诗妙处吾能识，正在山程水驿中。

这诗和杨万里对于为诗之道的体验是相通的。征行于山水旅途之中，往往能写出好诗，正如陆游说的，大抵业于诗者，"在道途则愈工，虽前辈负大名者，往往如此。愿舟楫鞍马间，加意勿辍。他日绝尘迈往之作，必得之此时为多"（《与杜思恭书》）。事实确是如此，曹操《观沧海》，可谓千古不朽的名篇，不正是鞍马间所作的吗；张继《枫桥夜泊》，也是广为传诵的佳作，不正是在舟楫中吟成的吗？正如宋洪适诗所说"登临自有江山助"，也如王十朋诗所说"文章均得江山助"。这个道理并不是宋人的新发现，刘勰《文心雕龙》："登山则情满于山，观海则意溢于海"，"若乃山林皋壤，实文思之奥府"，"然屈平所以能洞监风骚之情者，抑亦江山之助乎"。

我们国家到处是名山胜水，这大好江山确实养育了不少著名诗人，为诗人提供了丰富的诗材。但是，不要以为诗人只是向大自然索取，而不作任何酬答；要知道，诗人的名著，也为这美丽的江山增添了光彩。请读宋李觏《遣兴》诗：

> 境入东南处处清，不因辞客不传名。
> 屈平岂要江山助，却是江山遇屈平。

这似乎有意同刘勰《文心雕龙》中所说屈平"得江山之助"的说法唱反调，其实，却是从另一种角度说出了另一种真理。宋人滕宗谅（子京）知岳州时，写信求范仲淹为岳阳楼作记，信中说"天下郡国，非有山水环异者不为胜，山水非有楼观登览者不为显，楼观非有文字称记者不为久，文字非出于雄才巨卿者不成著"，又说名楼杰阁因为"名贤辈各有纪述而取重于千古"。果然，范仲淹的《岳阳楼记》，使岳阳楼名显一时，这正在滕宗谅的意料之中。唐崔颢《黄鹤楼》诗，使武昌黄鹤楼名闻四海；李白《登金陵凤凰台》诗，使金陵凤凰台誉载千秋。江山之幸，在于有名诗人的名篇播扬其美名。

诗人多得于江山之助而成诗，江山又多得诗人之助而扬名。这江山和人文之间的相互关系和互相影响，集中体现于纪游诗。

古人的纪游诗，或赞美山水而寄情于山水，或凭吊名胜而托意于名胜。因此，读点纪游诗，可以神游于自然奥府，领略山水之美，从而陶冶情操；读点纪游诗，可以神游于各地名胜，探寻古迹来历，从而增添知识。总之，读点纪游诗，对于江山和人文之间的关系一定会有更深入的理解。倘若有朝一日，也能追寻古人的游踪，一游名山，一览胜迹，那时的感受和体会，一定会深刻得多。如果有作诗的才能和兴趣，自然也会得江山之助，写出有助于江山的诗作来。

这个选本是为旅行者选编的，自然不同于一般的文学性选本。选录标准固然要注意名家名篇，但是在保证有相当水平的前提下，也兼顾到诗人的普遍性和地域的广泛性，以扩大知识面，并力求使读者对祖国各地名山胜迹引起普遍的兴趣；注释文字虽然也注意到文学的鉴赏，但是更侧重于名山胜迹的介绍。因此，还想使之带有实用性，以供读者随手检阅。本书倘能成为旅行者的伴侣，斯愿已足。山川名胜古来讹传最多，自不免有以讹传讹之处，切望读者多加指正。

林东海

1　陈师道，字无己，曾任正字官。黄庭坚诗云："闭门觅句陈无己，对客挥毫秦少游。"元好问亦云："传语闭门陈正字，可怜无补费精神。"似乎陈之作诗只是闭门造车，而《石林诗话》则云："陈无己每登临得句，即急归，卧一榻，以被蒙之，谓之吟榻。"然则，陈师道亦是"登临得句"，与杨万里之诗并无致。

望水尋山二里餘竹林初

別地仙居秋光何處堪消日

玄晏先生海鶴書

　　　　　　　丙國王一鵬

明　王一鵬　行书七绝诗轴

观沧海 ¹

[魏]

曹 操

东临碣石 ²，以观沧海。

水何澹澹 ³，山岛竦峙 ⁴。

树木丛生，百草丰茂。

秋风萧瑟，洪波涌起 ⁵。

日月之行，若出其中；

星汉灿烂，若出其里 ⁶。

幸甚至哉，歌以咏志 ⁷。

———
注释
———

1　这是曹操《步出夏门行》组诗的第一章（其前有"艳"，
其后有《冬十月》《土不同》《龟虽寿》三章，共五部分）。
东汉末年，曹操受封大将军和丞相，挟天子以令诸侯，击败
北方军阀袁绍。袁绍之子袁谭、袁尚逃入乌桓（在塞外）。

观沧海 [1]

[魏]

曹 操

东临碣石 [2]，以观沧海。

水何澹澹 [3]，山岛竦峙 [4]。

树木丛生，百草丰茂。

秋风萧瑟，洪波涌起 [5]。

日月之行，若出其中；

星汉灿烂，若出其里 [6]。

幸甚至哉，歌以咏志 [7]。

———
注释
———

1　这是曹操《步出夏门行》组诗的第一章（其前有"艳"，
其后有《冬十月》《土不同》《龟虽寿》三章，共五部分）。
东汉末年，曹操受封大将军和丞相，挟天子以令诸侯，击败
北方军阀袁绍。袁绍之子袁谭、袁尚逃入乌桓（在塞外）。

建安十二年（207）八月，曹操出奇兵袭击乌桓，破之于柳城（在今辽宁省）；九月班师，途经碣石，横槊赋诗。本章即写碣石登山观海的情怀，诗笔苍老雄健，长于描绘自然景色，并暗寓胸怀志趣，是一首带有开创性的出色纪游诗。

2　碣石：碣石山。或说山在今河北省乐亭县西南，即《汉书·地理志》所说骊成的大碣石山；但据《三国志·魏书·武帝纪》载，曹操征乌桓，出卢龙塞。故应指卢龙碣石。《元和郡县图志》云，碣石山在平州卢龙县南二十三里。其位置相当于今河北省昌黎县北。古人相传碣石山屹立海中，其实距渤海约四五十里。秦始皇、汉武帝都曾到此山刻石望海。

3　澹澹：水波动荡的样子。与下文“洪波涌起”相呼应。

4　山岛：指碣石山。竦峙：耸立。形容碣石山的高峻。诗写登山观海，所以落笔时而在山，时而在海，交错成文，章法井然。下文“树木”两句，也是描写碣石山的近景。

5　“秋风”二句：写风起浪涌，以表现其激动心情。毛泽东《浪淘沙·北戴河》“往事越千年，魏武挥鞭，东临碣石有遗篇。萧瑟秋风今又是，换了人间”，就是从这两句引发出来的。

6　“日月”四句：写沧海包容之大，以抒发怀抱。“星汉”，天上的银河。

7　“幸甚”二句：与正文无关，是因合乐的需要而加的。《步出夏门行》其余各章也都附加这两句。

于玄武陂作 [1]

［魏］

曹 丕

兄弟共行游，驱车出西城。

野田广开辟，川渠互相经 [2]。

黍稷何郁郁 [3]，流波激悲声。

菱芡覆绿水 [4]，芙蓉发丹荣 [5]。

柳垂重荫绿，向我池边生。

乘渚望长洲 [6]，群鸟谨哗鸣 [7]。

萍藻泛滥浮 [8]，澹澹随风倾。

忘忧共容与 [9]，畅此千秋情。

1　玄武陂：即玄武池。故址在今河北临漳县西南邺镇附近。建安十三年（208）曹操平乌桓后还邺，作玄武池以练水军。池在邺都城西，后扩为玄武苑。据左思《魏都赋》说，玄武苑有修竹幽林、果木葡萄，还有广池深潭、荷花游鱼。曹丕与兄弟游玄武池，史籍未载，当是未登帝位之前的一次宴游。

2　"川渠"句：言邺城西郊田野间沟渠纵横交错。

3　"黍稷"句：言庄稼长势很好。"黍"，黍子，去皮后称"黄米"，比小米稍大。"稷"，也是黍类粮食作物，或说即"谷子"。"郁郁"，茂盛的样子。

4　菱芡：两种浮在水面的草本植物。菱的果实叫菱角，芡亦称鸡头，均可供食用。

5　"芙蓉"句：言夏荷开红花。

6　渚：水边。长洲：水中长形小陆地。

7　讙哗（huān huá）：喧闹。

8　萍藻：浮萍水藻。皆水草名。

9　容与：安逸自得的样子。屈原《九歌·湘夫人》："时不可兮骤得，聊逍遥兮容与。"

赴洛道中作（选一首）[1]

[晋]

陆 机

远游越山川，山川修且广[2]。

振策陟崇丘[3]，安辔遵平莽[4]。

夕息抱影寐，朝徂衔思往[5]。

顿辔倚高岩[6]，侧听悲风响。

清露坠素辉，明月一何朗。

抚枕不能寐，振衣独长想[7]。

———

注释

———

1　本题原作二首，这里所选为第二首。顾名思义，这首诗是
陆机作于赴洛阳的途中。陆机字士衡，吴郡华亭（今上海市
松江区）人。出生于东吴世族的大家庭。祖父陆逊为东吴丞相，
父亲陆抗为东吴大司马，从父陆凯为东吴左丞相，都是为孙
吴立下殊勋的重臣，陆机在这种家庭环境中度过青少年时期。
二十岁时东吴为西晋所亡，陆机与弟陆云回华亭乡居十年，

以读书作诗为事。晋太康十年（289）"二陆"兄弟奉诏入洛，诗即作于这次赴洛道中。诗中描写途中景物和旅况，暗露悲思和忧虑的情绪。为什么奉诏进京，不以为喜反以为忧呢？一则国亡家破之痛犹隐然凝结于胸间，二则临深履薄之险似乎充塞于仕途。事实也正是如此，他这次赴洛真是走向政治陷阱，故乡的所谓"千里莼羹"、"华亭鹤唳"，便成了不可企求的东西了，死在"八王之乱"当中。

2　修且广：又长又宽。

3　"振策"句：犹言驱马上高山。"振策"，挥鞭。"陟"，登高。

4　"安辔"句：意思说，骑马从容地沿着平原前进。与"振策"句对举，一写高山，一写平川，同首句"越山川"遥相呼应。

5　徂：往，出发。

6　"顿辔"句：意思说，下马倚靠高大的岩石。"顿辔"，停辔，驻马。

7　"抚枕"二句：写途中夜宿，抚枕不寐，振衣独想，表露了诗人对于入洛的疑虑和隐忧。"振衣"，抖去衣尘。

江都遇风 [1]

[晋]

庾阐

天吴踊灵蠚 [2]，将驾奔冥霄 [3]。

飞廉振折木 [4]，流景登扶摇 [5]。

洪川仁宿浪 [6]，跃水迎晨潮 [7]。

仰盼麾玄云 [8]，俯听聒悲飙 [9]。

注释

1　江都：江都县。本汉广陵县地，后为广陵国，晋复为江都县。在今江苏省扬州市。庾阐字仲初，颍川鄢陵（今河南省鄢陵县）人，九岁能文，东晋南迁，随舅父孙氏过江。晋元帝永昌年间（322—323）为西阳王太宰掾，累迁尚书郎；咸和中（330前后）拜彭城内史，进散骑常侍。这首诗是写他在江都遇风的情况和感受。

2　天吴：传说中的水神。《山海经·海外东经》说，朝阳之谷，有神叫"天吴"，就是"水伯"。这种水神八首八面八足八尾都呈青黄色。古时画海图多以天吴为图案。杜甫《北征》"海图坼波涛，旧绣移曲折。天吴及紫凤，颠倒在裋褐"，就是写小女儿衣服上的天吴海图。古时江都近海，海潮可到，即所谓广陵潮。"天吴踊灵壑"，就是写长江入海口风起浪涌的情形。"壑"，水之所归。《礼记·郊特牲》："土反其宅，水归其壑。""灵壑"，指海。

3 冥霄：天空。这句说天吴飞奔云霄，意指海浪拍天。

4 飞廉：传说中的风神。屈原《离骚》："前望舒使先驱兮，后飞廉使奔属。"这里的"飞廉"代指风。

5 流景：指日光。扶摇：盘旋而上的暴风。这句意思说太阳似乎也随风飘走。

6 洪川：大江大河。宿浪：隔夜的浪。这句说大江里积蓄着隔夜的浪。为下文"跃水"作铺垫。

7 "跃水"句：早晨的风暴打破了昨夜沉静的江面，江水吹沸了，还迎来了海潮。"跃水"，沸腾的江水。

8 盻（xì）：怒视。"盻"和"盼"不同，但常被混用，这里当作"盼"义。"仰盼"即仰观。蹙（cù）：聚集。"蹙玄云"，密集的乌云。

9 聒（guō）：嘈杂的声音。悲飙（biāo）：凄厉的暴风。《尔雅·释天》："扶摇谓之猋（飙）。""飙"，指从下而上的大风。

泰山吟 [1]

[晋]

谢道韫

峨峨东岳高 [2]，秀极冲青天 [3]。

岩中间虚宇 [4]，寂寞幽以玄 [5]。

非工复非匠，云构发自然 [6]。

器象尔何物，遂令我屡迁 [7]。

逝将宅斯宇 [8]，可以尽天年。

———
注释
———

1　泰山：亦作太山，又称岱宗，"五岳"之一，此为东岳（另有西岳华山、南岳衡山、北岳恒山、中岳嵩山）。在今山东省泰安市城北。主峰海拔一千五百多米，突兀峻拔，雄伟壮丽。有玉皇顶、日观、南天门、经石峪、黑龙潭、普照寺等名胜古迹。谢道韫，陈郡阳夏（今河南太康）人。谢安的侄女，谢奕的女儿，王凝之（王羲之的儿子）的妻子，名门闺秀，自幼聪敏，是东晋著名女诗人。这首《泰山吟》题一作《登山》，从诗的内容看也是亲临其境而作的望岳或登山的诗。但在当时她能否亲临泰山是颇可疑的。据《晋书·地理志》载，自晋惠帝末，兖州（包括泰山郡）阖境沦没于石勒。遗民南渡，晋元帝时于京口（今江苏省镇江市）侨置兖州，后称南兖州。据此可知谢道韫不大可能亲临泰山。然而这首诗却是咏泰山的一首好诗，写出了泰山的高峻神奇。杜甫著名的《望岳》诗"岱宗夫如何，齐鲁青未了，造化钟神秀，阴阳割昏晓"，细细琢磨，可以体会到它融化了《泰山吟》的意境。

2　峨峨：高峻的样子。

3　秀极：特别美好。"秀"，优异，美好。

4　虚宇：高空的屋宇。这句写泰山层岩之中现出屋宇。

5　"寂寞"句：意思说山中旷寂幽静。晋宋人好以山水喻玄理，这句诗就是悟道之语。"寂寞"，含有静寂空虚之意。屈原《远游》："山萧条而无兽兮，野寂漠（寞）其无人。""玄"，玄寂，无声。暗寓古人所谓"玄寂之道"。

6　"非工"二句：意思说泰山之美好高峻，不是工匠雕琢出来的，而是自然形成的。其修辞的出发点是崇尚自然，即崇尚"天工"。山之发育形成，自是出于天然。但在崇尚"人巧"的时代，则多以人力创造为喻。如西岳华山之险峻，古来多以人工"削成"为形容。《太平寰宇记》引《名山记》云："华岳有三峰，直上数千仞，基广而峰峻叠秀，迄于岭表，有如削成。"王维《华岳》诗亦云："右足踏方止，左手推削成。"审美趣味不同，对于山的观感亦自不同。"云构"，形容险峻的高山。或说指岩洞。

7　器象：物象。"器"，指有形的具体事物。《周易·系辞上》："形而上者谓之道，形而下者谓之器。"迁：迁逶，犹逶巡。

行不进的样子。屈原《九章·思美人》："迁逡次而勿驱兮，聊假日以须时。"这两句意思说，泰山你是什么物象，这样叫人迷恋，竟使我几次低回不忍离去。

8 "逝将"句：决心到泰山居住。"逝"，语气助词。

| 延伸阅读 |

望 岳

[唐] 杜 甫

岱宗夫如何？齐鲁青未了。

造化钟神秀，阴阳割昏晓。

荡胸生曾云，决眦入归鸟。

会当凌绝顶，一览众山小。

始作镇军参军经曲阿作[1]

[晋]

陶渊明

弱龄寄事外[2]，委怀在琴书[3]。

被褐欣自得[4]，屡空常晏如[5]。

时来苟冥会，踠辔憩通衢[6]。

投策命晨装[7]，暂与园田疏。

眇眇孤舟逝[8]，绵绵归思纡[9]。

我行岂不遥，登降千里余。

目倦川途异，心念山泽居。

望云惭高鸟，临水愧游鱼[10]。

真想初在襟[11]，谁谓形迹拘[12]。

聊且凭化迁，终返班生庐[13]。

1 陶渊明（约 376—427），一名潜，字元亮，浔阳柴桑（今江西省九江市）人。曾任江州祭酒、镇军参军、建威参军、彭泽令。终"不为五斗米而折腰"，解印离县，归隐田园。这首诗从诗题可知，是陶渊明初作镇军参军经过曲阿时创作的。作镇军参军的时间以及镇军将军是什么人，说法不一。或说为刘裕任镇军将军时（元兴三年，公元404年）作镇军参军。陶澍《靖节先生年谱考异》订正了吴仁杰和王质两本陶渊明年谱，认定陶渊明于隆安三年（399）作镇军将军刘牢之的参军。这一年陶渊明大约三十五岁。"曲阿"，治所在今江苏丹阳。诗人经曲阿时见山川景物，引起仕与隐的矛盾心理。这首诗正表现了身在仕途心返田园的情况。

2 弱龄：少年。寄事：托事。梁刘孝威《古体杂意》诗云："朝日大风霜，寄事是交伤。""寄事外"，意指托身于世事之外，即不关心仕途。

3 "委怀"句：意思说，将情怀寄托在琴书里，意近《归去来兮辞》所说的"乐琴书以消忧"。

4 被褐：穿粗布衣服。这里指未出仕。古人称始出仕为"解褐"。

5 晏如：安然，泰然。"屡空"句，意谓安于贫困。陶渊明自撰《五柳先生传》云："环堵萧然，不蔽风日；短褐穿结，箪瓢屡空，晏如也。"其态度可比于扬雄，《汉书·扬雄传》载：雄家产不过十金，乏无儋石之储，晏如也。

6 冥会：默契，暗中相合。跳蹯：屈脚马所拉的车。马踠足，不能速行，故"憩"（休息）于"通衢"（大路，喻仕途）。"时来"二句意指适逢时运，屈身仕途，即始作镇军参军。

7　投策：挥鞭。"投策"句谓清晨起程。

8　眇眇：辽远，高远。指孤舟的远影。

9　绵绵：不可断。指归思萦怀难断。

10　"望云"二句：言身在仕途，不得自由，有愧于鱼鸟。《昭明文选》李善注云："言鱼鸟咸得其所，而己独违其性。"人登上仕途，而心怀念山泽，即所谓"立朝而意在东山"（黄山谷语）。

11　真想：本意，有关本性的意念，指返璞归真的念头。这句意谓胸中原怀着本念。

12　形迹：行动迹象。这句意谓不会因为登上仕途的"形迹"，影响到自己的本念。

13　化迁：指事物的发展变化。班生庐：汉班固《幽通赋》云："终保己而贻则兮，里上仁之所庐。""班生"，指班固。末两句意谓暂且与时推移，最终仍将归返故庐，隐居田园。

庐山东林杂诗 [1]

[晋]

释慧远

崇岩吐清气，幽岫栖神迹 [2]。

希声奏群籁，响出山溜滴 [3]。

有客独冥游 [4]，径然忘所适 [5]。

挥手抚云门，灵关安足辟 [6]。

流心叩玄扃，感至理弗隔 [7]。

孰是腾九霄，不奋冲天翮 [8]。

妙同趣自均，一悟超三益 [9]。

注释

1　慧远（334—416），本姓贾，雁门楼烦（今山西省宁武县附近）人。早年为诸生，博通六经，尤善老庄；后随道安出家。太元六年（381）入庐山，江州刺史桓伊为建东林寺。与慧永、宗炳等十八高贤结白莲社，倡导弥陀净土法门，为净土宗初祖。

这首杂诗是他在庐山东林寺时创作的，在描写庐山山水时，融进了佛理。"庐山"，在今江西北部，耸立于鄱阳湖之滨。山多岩石、清泉、飞瀑，是避暑游览胜地。"东林寺"，在庐山北麓，为净土宗发源地。

2 崇岩：高山上的岩石。幽岫：清幽的山峰。栖神迹：此指栖佛之地，意指东林寺。"栖神"一词原为道家语。《淮南子·泰族训》云："今夫道者，藏精于内，栖神于心。"这里借以指佛。首二句写出庐山东林寺。

3 希声：细微的声音。《老子》："大器晚成，大音希声。"群籁：各种声响。"籁"，泛指声音。山溜：山中小股水流。这两句写山中细微的泉声，益显出环境之幽静。

4 有客：作者自指。冥游：夜游。

5 适：归。

6 云门：周代乐舞有《云门大卷》，相传为黄帝所制。后用以指代美妙的音乐。"挥手"句可理解为演奏美妙的音乐；也可理解为探讨佛理。然则，"云门"便是借指佛门，如慧远所提倡的净土门。下句"灵关安足辟"，似谓神仙之门也就不需开了。"灵关"，神门，指神仙。上句似谓佛，下句似谓道，以道衬佛。

7 流心：游移放纵之心。玄扃：犹玄关，佛家指入道之门。"流心"二句意谓以游散之心叩开佛门，有所感悟，佛理自通，不受阻隔。

8 翮：翼，翅膀。

9 妙：佛家语，是精微深远之称。三益：《论语·季氏》云："益者三友，损者三友。友直、友谅、友多闻，益矣。"后来便把"友直、友谅、友多闻"称为"三益"。这里似借指为"多益"，古者以"三"为多。末二句意谓佛理同妙亦同趣，一悟可百悟。以写景入佛理，直至纯以佛理议论。夹带玄理、佛理，正是晋宋时期写景诗的特色。

| 延伸阅读 |

登庐山五老峰

［唐］李 白

庐山东南五老峰，青天削出金芙蓉。

九江秀色可揽结，吾将此地巢云松。

过始宁墅 [1]

[南朝·宋]

谢灵运

束发怀耿介 [2]，逐物遂推迁。

违志似如昨，二纪及兹年 [3]。

缁磷谢清旷 [4]，疲苶惭贞坚 [5]。

拙疾相倚薄，还得静者便 [6]。

剖竹守沧海 [7]，枉帆过旧山 [8]。

山行穷登顿 [9]，水涉尽洄沿 [10]。

岩峭岭稠叠，洲萦渚连绵。

白云抱幽石，绿筱媚清涟 [11]。

葺宇临迴江，筑观基曾巅 [12]。

挥手告乡曲 [13]，三载期归旋。

且为树枌槚，无令孤愿言 [14]。

1 始宁墅：在今浙江上虞东山。谢灵运家族的据点是会稽始宁，谢安之高卧东山即此，谢玄东归，于此建庄园。谢灵运多次过始宁，其《山居赋》详细地描写了始宁别墅的情况。宋武帝永初三年（422）七月，谢灵运出为永嘉（今浙江省温州市）太守。从建康（今江苏省南京市）出发，由水路东进。途经会稽始宁旧宅，稍事停留。临行时写下这首诗。

2 束发：古时男孩成童，将头发束成一髻，称束发，用以代指成童。成童即可入学。一般代指童年。耿介：正直不阿，守志不移。这句说童年时就怀耿介之志，不随时推移。但实际上他没做到，还是如下文所说的"逐物遂推迁"，即与世浮沉。

3 违志：违背耿介之志。指谢灵运义熙二年（405）入抚军将军刘毅军幕为记室参军事。二纪：一纪十二年，二纪二十四年。但这里是约数，自出仕（405）至作此诗（422），时未及二纪之数。

4 缁磷：《论语·阳货》："不曰坚乎？磨而不磷；不曰白乎？涅而不缁。""磷"，薄；"缁"，黑。磨而不薄，所以坚；染而不黑，所以白。后以不缁不磷喻人虽在浊乱而不改其操行。谢：不如，比不上。这句说缁而磷者不如清明旷朗之士。

5 疲薾（ěr）：困极之貌。这句说疲困者有愧于贞洁坚强者。

6 "拙疾"二句：意谓恶病相缠，因能守静，稍得安宁。这里的所谓"静"，包含着佛理。"拙"，不利于人谓之拙。"薄"，侵，迫。"便"，安。

7　"剖竹"句：指出为永嘉太守事。"剖竹"，指授官。古代以竹为符证，剖竹为二，授官时一给本人，一留官府。"沧海"，指永嘉。永嘉近海，故云。

8　"枉帆"句：言乘船绕道到旧居东山始宁墅。"枉帆"，绕道。陆路绕道曰"枉道"，水路绕道曰"枉帆"。

9　登顿：行山路时登时停。"顿"，停，歇。

10　洄沿：行水路时上时下。"洄"，逆流而上；"沿"，顺流而下。

11　"白云"二句：为历来传诵名句。"抱"字和"媚"字为两句诗眼。其妙处在景的动态之中包含着人的情态。情景交融，这在当时的山水纪游诗中，是一种新的倾向，新的发展。"筱"（xiǎo），小竹子。"清涟"，清水微波，即"涟漪"。

12　"葺宇"二句：写始宁墅外景。始宁墅建在曹娥江之滨的东山上，所以观据山巅，屋临迴江。谢灵运《山居赋》所谓"高居唐而胥宇，台依崖而穴墀"，也是写始宁墅的景观。"葺"（qì），修葺，修建房屋。"宇"，屋宇，房舍。"曾"，同"层"。

13　乡曲：原意为乡下，后引申指乡里。这句意谓行将赴任，告别乡亲。

14　枌（fén）：白榆。檟：山楸。孤：同"辜"。"孤愿"，负愿，有负其志愿。末二句意思说，请栽枌树和檟树（枌邑为乡里，檟树可为棺），为官三年归来，拟老死乡邑，不要辜负这个心愿。

登池上楼 [1]

[南朝·宋]

谢灵运

潜虬媚幽姿，飞鸿响远音。

薄霄愧云浮，栖川怍渊沉 [2]。

进德智所拙，退耕力不任 [3]。

徇禄反穷海，卧疴对空林 [4]。

衾枕昧节候，褰开暂窥临 [5]。

倾耳聆波澜，举目眺岖嵚 [6]。

初景革绪风，新阳改故阴 [7]。

池塘生春草，园柳变鸣禽 [8]。

祁祁伤豳歌 [9]，萋萋感楚吟 [10]。

索居易永久，离群难处心 [11]。

持操岂独古，无闷徵在今 [12]。

1　池上楼：在永嘉（今浙江省温州市）。此池在永嘉西北三里，积谷山之东，现名"谢公池"。诗人赴永嘉任第二年早春病起登池上楼写下这首诗。诗中写登楼眺望时所见到的永嘉山水和初春景物。触景生情，因而联想到在政治上被当权者所排斥，出任海滨边远之郡。这种官场失意的情绪，也在诗中反映出来。诗中景物很优美，情绪却有些低沉。

2　首四句写潜虬飞鸿，虬由"池"联想而及，"鸿"由"楼"仰望而见。同时借潜虬与飞鸿起兴，说自己既不能如飞鸿飞出云表直逼霄汉，又不能如虬龙深潜水底沉栖渊潭。意类陶潜诗"望云惭高鸟，临水愧游鱼"，同是喻政治上进退维谷的难堪境地。"虬"，传说中头有两角的小龙。"潜虬"句化用《周易·乾卦》"潜龙勿用"的意思，喻指隐居。"薄"，迫，近。"薄霄"，高入云汉。言飞鸿之高；与潜虬之深对举。

3　"进德"二句：把虬鸿寄兴点明，意谓智拙不能进德，力乏不任退耕。写出了进退失据的矛盾心情。"进德"，引用《周易·乾卦·文言》"君子进德修业"语，指仕途上的进取。"力不任"，体力不支。因为他非体力劳动者。其意指不甘心沉沦。

4　徇禄：追求俸禄。指求官。反穷海：回到边海之地（永嘉）。疴（ē）：病。这两句意思说，因为求官反而处于海滨之地，落得个卧病对着空林。

5　昧：不明白。节候：节令气候。褰：搴，开。这两句意思说，因为长期卧病在床，所以连季节的变换也不知道，现在才揭开衾枕登临窥眺。

6　"倾耳"二句：写细听水声，壮观山岳。"聆"，听。"岖嵚"（qū qīn），高峻的山岭。

7　"初景"二句：言冬去春来。"初景"，犹初阳，指初春。"绪风"，屈原《九章·涉江》："欸秋冬之绪风。"这里指冬日的寒风。"新阳"，指新春。"故阴"，指旧冬。古以春夏为阳，秋冬为阴。

8　"池塘"二句：是千秋传诵的名句。以自然的笔触写出池边的草，树上的鸟。前面写冬去春来，全在这草色和鸟声中表现出来。通过具体的景物，写出节候的变化。卧衾则昧节候，登楼则明节候，感受非常深刻。或说得此联"有神助"。

9　"祁祁"句：借《诗经》语写伤春。《诗经·豳风·七月》："春日迟迟，采蘩祁祁。女心伤悲，殆及公子同归。"意寓思"归"。"祁祁"，众多貌。

10　"萋萋"句：借楚辞发感慨。楚辞《招隐士》："王孙游兮不归，春草生兮萋萋。"由"萋萋"春草生发出倦游思归之意。对于《诗经》和楚辞的联想，皆从眼前实景实感引发出来。

11　"索居"二句：语出《礼记·檀弓上》载子夏语："吾过矣，吾过矣！吾离群而索居亦已久矣。"诗意谓离开朋友，独处海隅。"易永久"，易感时间久长。"难处心"，难以安心。

12　"持操"二句：谓隐遁避世，操守高蹈，不但古人能做到，今人同样可以做到。有辞官归隐之意。"无闷"，语出《周易·乾卦·文言》"遁世无闷"。

登江中孤屿 [1]

［南朝·宋］

谢灵运

江南倦历览，江北旷周旋 [2]。

怀新道转迥，寻异景不延 [3]。

乱流趋孤屿 [4]，孤屿媚中川 [5]。

云日相辉映，空水共澄鲜 [6]。

表灵物莫赏，蕴真谁为传 [7]。

想象昆山姿 [8]，缅邈区中缘 [9]。

始信安期术，得尽养生年 [10]。

———
注释
———

1　江中孤屿：今称江心屿，是浙江省温州市北永嘉江（瓯江）中的一个孤屿。屿上两峰对峙，唐宋分别于峰头各建一塔。今屿上有江心寺、文天祥祠。谢灵运任永嘉太守时登孤屿，由眼前山水景色，联想到神仙境界。身在仕途而心存尘外，实际反映了他被黜"穷海"的不满情绪。

2 "江南"二句：意谓久游于江北江南，颇有厌倦之感。江北周旋指奉使赴彭城（今江苏徐州）事。"旷"，久。

3 "怀新"二句：言探奇搜异，日短道长。"怀新"，想探索新奇的境界。"迥"，远。"景"，日光。"景不延"，时光不长，光阴短促。

4 "乱流"句：意谓横渡中流到孤屿。"乱"，横流而济。《书·禹贡》："乱于河。""趋"，赴，向，就。

5 媚：美。"孤屿媚中川"，妍美的孤屿立于中流。"媚"字具有浓厚的感情色彩，与《过始宁墅》诗"绿筱媚清涟"有同样效果，标志山水诗由玄言向缘情发展。

6 "云日"二句：写水天云影相映，景色清丽，得自然之美。汤惠休说"谢（灵运）诗如芙蕖出水"，从这一联可以看得出来。

7 "表灵"二句：意谓显示出灵异尚且无赏识者，即便蕴藏仙真又有谁为之传述呢？由自然景物联想到灵异仙真，下文即转入游仙，可以看出山水诗中还带着未完全退化的游仙诗的尾巴。"表灵"，显示灵异。"物"，这里指人物。"真"，指神仙。

8 昆山：指昆仑山。传说中神仙所居的地方。西王母即居此。

9 缅邈：遥远。此处似有缅怀之意，李白《登金陵冶城西北谢安墩》诗："想象东山姿，缅怀右军言。"句式修辞与谢诗相类，易"缅邈"为"缅怀"，体现太白对谢诗的理解。"缅邈区中缘"，意即思念世情。反映出谢灵运进退出处的矛盾心理。"区中缘"，尘缘，世情。

10 安期：指安期生。传说中的神仙。相传原为秦时琅琊人，拜河上丈人为师，得长生术，卖药于海边，人呼为"千岁公"。

汉武帝时李少君说曾游海上，见安期生食枣，其大如瓜。"安期术"，即长生之术。末两句写矛盾的心理最后归于迷信神仙。

| 延伸阅读 |

孤　屿

［唐］张又新

碧水逶迤浮翠巘，绿萝蒙密媚晴江。

不知谁与名孤屿，其实中川是一双。

入彭蠡湖口 [1]

[南朝·宋]

谢灵运

客游倦水宿，风潮难具论 [2]。

洲岛骤回合，圻岸屡崩奔 [3]。

乘月听哀狖，浥露馥芳荪 [4]。

春晚绿野秀，岩高白云屯 [5]。

千念集日夜，万感盈朝昏 [6]。

攀崖照石镜 [7]，牵叶入松门 [8]。

三江事多往，九派理空存 [9]。

灵物郄珍怪，异人秘精魂 [10]。

金膏灭明光，水碧辍流温 [11]。

徒作千里曲，弦绝念弥敦 [12]。

1　彭蠡湖：今鄱阳湖，在江西省，是我国最大的淡水湖。"彭蠡湖口"，又叫湖口，在鄱阳湖与长江交接处，是江水湖水吞吐的咽喉，号称"江湖锁钥"。湖口有上下石钟山，为今之游览胜地。元嘉八年（431），谢灵运被发赴外任，为临川（今江西）内史，这首诗是他赴任途中所作，写由长江入鄱阳湖所见景物。

2　"客游"二句：写舟行水宿，颠簸于风潮之中。"风潮"，暗指政治风浪。"难具论"，犹今所云"一言难尽"。言外之意，寓政治感慨。

3　"洲岛"二句：写在风潮中舟行见水冲洲岛圻岸的动态。所谓"回合"、"崩奔"，包含着舟行观物之相对移动的错觉。"骤"，急遽。"圻"（qí），边界，指江湖之岸。

4　"乘月"二句：谓月夜耳边听到猿啼，鼻中闻到草香。"狖"（yòu），猿类。"浥"，湿。"芳荪"，香草。"馥"，指闻到香草的香气。

5　"春晚"二句：前两句写夜间所闻，这两句写日间所见。见暮春原野的绿草，见高山岩石的白云。景物如画，见出作者确是写山水诗的高手。"屯"，聚集。

6　"千念"二句：上下句出一意，意在强调感念之深。实出于政治感慨。"日夜""朝昏"，结揽前四句所写夜闻日见诸情状。

7　"攀崖"句：谓登庐山照石镜。"石镜"，天然巨石，一平如镜。《水经注·庐江水》："（庐）山东有石镜，照水之所出。有一圆石，悬崖明净，照见人形。晨光初散，则延曜入石，豪细必察，故名石镜焉。”

8 松门：松门山在江西省新建县北二百多里。《太平寰宇记》："其山多松，遂以为名。北临大江，乃彭蠡湖口。山有石镜，光明照人。"李白《入彭蠡经松门观石镜缅怀谢康乐题诗书游览之志》诗云："谢公之彭蠡，因此游松门。余方窥石镜，兼得穷江源。将欲继风雅，岂徒清心魂！"李诗由谢诗而发，足见本篇的影响。

9 三江：三条江的合称。《尚书·禹贡》："三江既入，震泽底定。"《汉书·地理志》注以北江、中江、南江为"三江"。郑玄注云："三江分于彭蠡，为三孔，东入海。"谢诗取郑注，与彭蠡切合。九派：原指今江西省九江市北的一段长江，其间有九条支流。晋郭璞《江赋》："源二分于崛崃，流九派乎浔阳。"古浔阳即今九江。这两句由"三江"、"九派"联想到虚空的玄理。其玄言诗的"尾巴"就是从这里接上去的。

10 "灵物"二句：言江湖之间有灵物珍怪、异人精魂。二句从郭璞《江赋》化出，赋云："珍怪之所化产，傀奇之所窟宅。纳隐沦之列真，挺异人乎精魄。"关于珍怪异人，郭赋详细论列，即谢诗之所指。"厽"，同"畚"。

11 金膏：传说中的神仙不死之药。见《穆天子传》。水碧：碧玉。这里指玉膏，或称石髓，亦神仙不死之药。"灭明光"、"辍流温"，意谓仙药未成，求仙无望。"金膏"二句，言不能服金膏玉髓以随江中灵物异人入于仙界。

12 "徒作"二句：言成仙无望，而伤别之情愈切。"千里曲"，典出蔡邕《琴操》："商陵牧子娶妻五年，无子，父兄欲为改娶。牧子援琴鼓之，叹别鹤以舒其愤懑，故曰别鹤操。鹤一举千里，故名千里别鹤也。""千里曲"即指琴曲《千里别鹤操》。"念弥敦",思念之情益烈。《文选》李善注云:"言奏曲冀以消忧,弦绝而念愈甚,故曰徒作也。"

| 延伸阅读 |

过鄱阳湖

[宋] 华 岳

北风翻雪鼓雷霆,舟子停兰亦断魂。

看我金鳞三十六,为君一跃上龙门。

登黄鹤矶 [1]

［南朝·宋］

鲍 照

木落江渡寒，雁还风送秋 [2]。

临流断商弦 [3]，瞰川悲棹讴 [4]。

适郢无东辕，还夏有西浮 [5]。

三崖隐丹磴，九派引沧流 [6]。

泪竹感湘别，弄珠怀汉游 [7]。

岂伊药饵泰，得夺旅人忧 [8]。

———
注释
———

1 黄鹤矶：在今湖北省武汉市武昌蛇山区。蛇山古名黄鹄山，
又名黄鹤矶，相传仙人费文祎驾鹤来此。后世在山上建黄鹤楼。
宋孝武帝大明五年（461），鲍照任荆州刑狱参军。此诗当是
自荆州东经武昌黄鹤山时所作。

2 "木落"二句：以江上秋景起兴，气象衰飒。为历来传诵
名句。清方东树评云："起句兴象，清风万古，可比'洞庭

波兮木叶下'。"

3　商弦:《礼记·月令》:"孟秋之月……其音商。"郑玄注:"秋气和则商声调。"商弦即商声,写秋气。"断商弦",言秋气失和,借以衬托不和谐的心境。故有下文"瞰川悲棹讴"句。

4　瞰川:俯视大江。棹讴:棹歌,船歌,鼓棹而歌。

5　"适郢"二句:言赴荆州时无车可通,还经江夏时却有舟可浮。意即往来皆行水路。"适",往。"郢",楚国郢都,刘宋时为荆州,今湖北江陵。"东辕",自东来之车。"夏",江夏,今湖北省武汉市武昌区。"西浮",自西去之船。语出《楚辞》:"过夏首而西浮兮,顾龙门而不见。"

6　三崖:或谓指黄鹤矶下之船官浦、鹦鹉洲、夏口,合而为三;或谓指江宁三山,即今南京西南之三山。按,崖而有丹磴,当非如前说指三地名;诗题为"登黄鹤矶",与江宁三山相去辽远,三崖亦非指三山。细按诗意,当指黄鹤矶。古者东方曰三,所谓"三崖",可以理解为东崖。诗人自东崖拾级(丹磴)而上,立于矶头东望长江,因而联想到浔阳九派。《荆州记》:"江至浔阳,分为九道。""沧流",指江水。

7　"泪竹"二句:写登上黄鹤矶头的联想和感想。想到娥皇、女英二女在湘水与舜别离的情景,又想到郑交甫在汉皋遇二仙女弄珠的情景,浮想联翩,暗用典故。"泪竹",即湘妃竹,竹上有斑纹,相传即湘妃泪所染。实乃一种青苔(或说是一种菌类)长于竹上腐蚀竹皮而形成斑纹。"弄珠怀汉游",典出《韩诗外传》:"郑交甫将南适楚,遵彼汉皋台下,乃遇二女,佩两珠,大如荆鸡之卵。"今湖北省襄阳市万山下有沉珠潭,传说即二女弄珠处。

8　"岂伊"二句：纵然药饵果能安泰，似乎也不能解除旅客之忧。"药饵泰"，语出《老子》："乐与饵，过客止。""乐饵"同"药饵"。末二句写旅途之忧。似有政治上的隐忧，未几作者即为乱兵所杀，年五十余。

|延伸阅读|

黄鹤楼送孟浩然之广陵

［唐］李　白

故人西辞黄鹤楼，烟花三月下扬州。

孤帆远影碧空尽，唯见长江天际流。

上浔阳还都道中作[1]

[南朝·宋]

鲍照

昨夜宿南陵[2]，今旦入芦洲[3]。

客行惜日月，崩波不可留[4]。

侵星赴早路，毕景逐前俦[5]。

鳞鳞夕云起，猎猎晚风遒。

腾沙郁黄雾，翻浪扬白鸥[6]。

登舻眺淮甸[7]，掩泣望荆流[8]。

绝目尽平原，时见远烟浮。

倏忽坐还合，俄思甚兼秋[9]。

未尝违户庭，安能千里游。

谁令乏古节，贻此越乡忧[10]。

1　浔阳：今江西省九江市。鲍照大约在宋文帝元嘉十六年
（439）始登上仕途，到临川王刘义庆幕下任侍郎。在赴江州（浔
阳）就任途中曾作《登大雷岸与妹书》，描写途中的景色和
感受，是一篇至今为人们所传诵的骈文。他在江州刘义庆幕
下约五六个年头，曾受到打击，在刘义庆死（元嘉二十一年）后，
曾闲居一个阶段。本篇即作于离浔阳还都道中，写沿途景色，
同时发出深沉的感慨。

2　南陵：旧注以为宣州南陵戍（在今安徽省繁昌县）。或曰
六朝时江州界尽于南陵，南陵当在浔阳之下。自浔阳还都（今
江苏省南京市），不应经宣州南陵，故前说非。后说近是。
南朝宋谢庄《自浔阳至都集道里名》诗云："眇眇高湖旷，
遥遥南陵深。"可知南陵在浔阳与建业之间。今何所指，失考。
或疑泛指江边某高阜，可备一说。

3　芦洲：旧注芦洲在武昌县西三十里，与还都路线不合，相
去远甚，不确。黄节补注云："芦洲谓芦荻之洲耳。起对句
不必地名。"此说近是。唐王昌龄《九江口作》诗云"驿门
是高岸，望尽黄芦洲"，即泛指黄芦之洲。所谓芦洲月、芦
洲鱼、芦洲村之"芦洲"亦均泛指，非地名。

4　"客行"二句：谓旅途爱惜光阴，而光阴却如同逝川，不
可暂留。"崩波"，流波，奔波，逝水。暗用孔子语："逝
者如斯夫！"

5　"侵星"二句：言早夜奔驰，披星戴月。"侵星"，犹言
戴星。"毕景"，落日。"景"，阳光。"前俦"，先行者。

6　"鳞鳞"四句：写暮云晚风黄沙白浪，情状逼真，景色如画。方东树评曰："'鳞鳞'四句写景，兴象甚妙，杜公行役诗所常拟也。""猎猎"，风声。"遒"，劲，急。

7　舻：船头。淮甸：淮水以南长江以北的一片原野。"甸"，郊外曰甸。

8　荆流：指江流。古时长江流经不同地段有不同名称，如蜀江、楚江、荆江、吴江等。荆流即荆江之流，亦即江流。

9　"绝目"四句：写平原远烟，倏忽而合，天地一色，触景生情，因发思乡之叹。"绝目"，极目远望。"坐"，因，而。"还合"，旋合，很快即合而为一。写舟行远望平原，视觉所感。"兼秋"，两个或两个以上的秋天。秋日易生悲思和乡思，兼秋之思，形容思之切有甚于寻常者。

10　"未尝"四句：写乡思。"违户庭"，《周易》："不出户庭，无咎。"古人不轻易出门，安守户庭，此即下文所谓"古节"。"越乡"，典出《左传·襄公十五年》：宋人得玉，将献子罕，子罕以不贪为宝，不受。宋人叩首云："小人怀璧，不可以越乡。纳此以请死也。"子罕才将玉交玉工雕琢。所谓"越乡忧"指此，原意指怀璧越乡（过他乡），必为盗贼所害。这里借喻客游他乡，所产生的不安定感，即所谓"越乡感"。

游豫章西观洪崖井 [1]

[南朝·宋]

谢　庄

幽愿平生积，野好岁月弥 [2]。

舍簪神区外，整褐灵乡垂 [3]。

林远炎天隔 [4]，山深白日亏。

游阴腾鹄岭，飞清起凤池 [5]。

隐暧松霞被，容与涧烟移 [6]。

将遂丘中性 [7]，结驾终在斯 [8]。

———

注释

———

1　豫章：今江西省南昌市。洪崖井：在南昌章江之西西山（又名南昌山）鸾岗之上，相传为仙人洪崖先生（黄帝臣子伶伦）炼丹井。宋周必大《游西山记》云，至鸾岗，"步观洪崖井，深不可测。旧有桥跨其上，今废。"谢庄在宋明帝定乱之后曾为浔阳王师，加中书令、散骑常侍。这期间到过浔阳、豫章，有《自浔阳至都集道里名为诗》，本篇当作于同期。

2 "幽愿"二句：意思说，探幽之愿，野游之好，随着岁月的增添，也愈积愈多。"弥"，久，远。

3 "舍簪"二句：意思说，卸下官装，穿上普通衣服，到神区灵乡一游。豫章西山之上有仙洞，道书称第十二洞天，故有"神区""灵乡"之称。"簪"，原是插定发髻和冠的长针，后常用作官饰的代称，簪绂、簪组，皆指官装。"褐"，粗毛或粗麻制的短衣。出仕称"解褐"，舍簪整褐，是返初装，有公余出游之意。

4 炎天：指南方。《吕氏春秋·有始》："南方曰炎天。"

5 "游阴"二句：写游西山鹄岭和凤池事。西山鸾岗相传为洪崖先生乘鸾所憩之处，四周有水，谓之"鸾陂"。诗中"凤池"或即指"鸾陂"；鸾岗之西有鹤岭，或即诗中所云"鹄岭"。古今地名变异，难以确指。

6 "隐暖"二句：写松林山涧之间烟霞的迷蒙舒缓之态。"容与"，徐动貌。

7 丘中性：指隐居山林之志。

8 结驾：犹停驾。"结"，终了。末句意谓以此为归宿。"斯"，此，指西山灵乡林泉。有身在仕途心存山林之意。

游敬亭山 [1]

[南朝·齐]

谢朓

兹山亘百里 [2]，合沓与云齐 [3]。

隐沦既已托，灵异居然栖 [4]。

上干蔽白日 [5]，下属带回溪 [6]。

交藤荒且蔓，樛枝耸复低 [7]。

独鹤方朝唳，饥鼯此夜啼 [8]。

渫云已漫漫，夕雨亦凄凄 [9]。

我行虽纡组，兼得寻幽蹊 [10]。

缘源殊未极，归径窅如迷 [11]。

要欲追奇趣，即此凌丹梯 [12]。

皇恩竟已矣，兹理庶无暌 [13]。

1　敬亭山：一名昭亭山，又名查山。在今安徽省宣城市北偏西。山高数百丈，东临宛溪句溪，南瞰宣城。谢朓、李白均曾登临赋诗，山由此知名。齐明帝建武二年（495），谢朓由中书郎出为宣城太守。他这时的心情是"既欢怀禄情，复协沧洲趣"（《之宣城郡出新林浦向板桥》），政治上已转向消极，对山林增加兴趣，这在山水诗中也表现出来。

2　亘：连接。

3　合沓：重叠。

4　"隐沦"二句：言敬亭山为隐沦之流所托，为灵异之类所栖。"隐沦"，隐居之人，指无心仕途或仕途失意而栖息山林的人。这里包括作者自己。"灵异"，指神灵怪异。作者曾在敬亭山赛神（酬神）祈雨。

5　"上干"句：言山势高耸，可蔽白日。"干"，上冲之势。

6　"下属"句：言山之底座连带弯曲的溪流。指敬亭山东之宛溪与句溪。"下属"，下连。

7　"交藤"二句：写山上的荒藤和樛木，状草木之深幽。"樛"（jiū），弯曲的树木。《诗经·周南·樛木》："南有樛木，葛藟荒之。"其境界与这二句所写极相似。

8　"独鹤"二句：写朝夜鹤鸣鼯啼，暗喻贤人之在野。鹤唳，鹤鸣，古喻贤人为鹤鸣之士。无"鹤鸣"之叹，指贤人入仕在朝；有"鹤鸣"之叹，则指贤人在野。"鼯"（wú），别名夷由，俗名飞鼠，古人曾误以为鸟类。

9　"渫云"二句：写山中雨景。"渫"（xiè），分散，疏散。

"溧云"，散漫的云。"夕雨"，夜雨。本篇写游山非即时即景纪实，而是综合多次游山感受，故早夜、雨晴诸景皆有所记叙。

10 "我行"二句：写仕与隐两者兼而得之。"纤组"，指系官印，即当官。或言"纤青拖紫"。古代佩印用组，故亦言"纤组"。汉张衡《东京赋》："纤皇组，要干将。""幽蹊"，幽僻的小路，此代指隐居之所。

11 "缘源"二句：言循水源而进，未穷其极，而归路深远，回望如迷。"窅"（yǎo），形容深远。

12 丹梯：指山径石磴。"凌丹梯"，登山路。作者《随王鼓吹曲·登山曲》云："暮春春服美，游驾凌丹梯。升峤既小鲁，登峦且怅齐。"所谓"凌丹梯"，亦写登山事。

13 "皇恩"二句：意谓皇恩竟然完结了，寻幽隐遁自是情理中事。"庶无睽"，大概无所隔违了，意即顺理。结句写出任宣城太守的隐忧和消极情绪。

| 延伸阅读 |

王孙游

[南朝·齐] 谢 朓

绿草蔓如丝，杂树红英发。

无论君不归，君归芳已歇。

之宣城郡出新林浦向板桥 [1]

[南朝·齐]

谢朓

江路西南永，归流东北鹜 [2]。

天际识归舟，云中辨江树 [3]。

旅思倦摇摇，孤游昔已屡 [4]。

既欢怀禄情，复协沧洲趣 [5]。

嚣尘自兹隔 [6]，赏心于此遇 [7]。

虽无玄豹姿，终隐南山雾 [8]。

———

注释

———

1 宣城：今安徽省宣城。新林浦：在今江苏省南京市西南，
源出牛头山，西流入长江。南朝齐永明五年（487）在新林浦
入江处建新林苑。诗中"新林浦"指新林苑。板桥：在今江
苏省南京市西南板桥镇。齐明帝建武二年（495）谢朓由中书
郎出任宣城太守，离开京城（今南京）乘船赴宣城，经新林浦，
驶向板桥，途中写下这首诗。由于政治上的失意，处世态度

有所转变，由入世转向出世，诗中正表现出这种政治态度。

2　"江路"二句：言自京赴宣城江路向西南而行，而大江流水则向东北奔流，意即逆水行舟。长江自九江至南京一段，由西南向东北流，这两句诗正写出江流的这种走向。"永"，长。这里指江路之长。《诗经·周南·汉广》："江之永矣，不可方思。""骛"，奔驰。这里指江流之急。

3　"天际"二句：写远望天际云中之树、江中之舟，两相隐映，淡然如画。"识"字、"辨"字，蕴含着无限情思，即古人所谓诗眼。这两句为历来传诵的名句。王夫之《古诗评选》云："'天际识归舟，云中辨江树'，隐然含情凝眺之人，呼之欲出。从此写景，乃为活景。"山水诗至此，即开拓出一种新境界，摆脱了玄言诗的影响。

4　"旅思"二句：写出了政治上的失落感和旅途上的孤独感。"旅思"，旅途的思念。"摇摇"，心神不定。《战国策·楚策》："寡人卧不安席，食不甘味，心摇摇如悬旌。""孤游"，独游，独自漂泊异乡。这里不是指只身外出，而是指心理上的孤独感。"已屡"，已经历多次。

5　"既欢"二句：正写出此时的处世态度，既求仕，又求隐。但因为这次政治上的失意，被迫出任宣城太守，实际心理却是不"欢"亦不"协"。然而亦官亦隐却是他真实的处世态度。"怀禄"，指求官干禄。"沧洲"，江边冷僻幽隐之处，是隐居之士栖托之所。

6　嚣尘：嘈杂喧闹的尘世。这里指京都充满矛盾和斗争的官场。

7　赏心：意趣和乐。这里指游赏山林的乐趣。

8　"虽无"二句：意谓虽非隐士，而终以隐为事。其典出《列女传·明贤》："陶答子治陶三年，名誉不兴，家富三倍……
其妻独抱儿而泣，姑怒曰：'何其不祥也！'妇曰：'妾闻
南山有玄豹，雾雨七日而不下食者，何也？欲以泽其毛而成
文章也，故藏而远害……'"诗引此典，亦含避祸远害之意。

| 延伸阅读 |

怀宛陵旧游

［唐］陆龟蒙

陵阳佳地昔年游，谢朓青山李白楼。

唯有日斜溪上思，酒旗风影落春流。

晚登三山还望京邑 [1]

[南朝·齐]

谢 朓

灞涘望长安 [2]，河阳视京县 [3]。

白日丽飞甍，参差皆可见 [4]。

馀霞散成绮，澄江静如练 [5]。

喧鸟覆春洲 [6]，杂英满芳甸 [7]。

去矣方滞淫，怀哉罢欢宴 [8]。

佳期怅何许 [9]，泪下如流霰 [10]。

有情知望乡，谁能鬒不变 [11]。

注释

1　三山：在今江苏省南京市西南，其东北距板桥不远。南朝
宋代山谦之《丹阳记》：江宁县北十二里滨江，有三山相接，
即名为三山。旧时津济道也。唐李白《登金陵凤凰台》所云"三
山半落青天外"，即指此山。山不高，远望才有"半落青天

外”之感。京邑：指金陵，即今江苏省南京市。谢朓赴宣城任，出新林浦向板桥，过了板桥在三山稍事登览，回望京城，眷恋之情不能自禁，写下这首望京邑诗。

2 “灞涘”句：化用王粲《七哀诗》：“南登灞陵岸，回首望长安。”借以喻登三山还望京邑。“灞涘”，灞水之岸。“涘”（sì），水边。

3 “河阳”句：化用潘岳《河阳县诗》：“引领望京室，南路在伐柯。”借喻回望京邑。“河阳”，河阳县在今河南省孟州市西。“京”，指洛阳。“河阳视京县”直译应为：河阳为望京都之县。

4 “白日”二句：写回望京城，见城中高低不齐的翘起的屋檐，洒满了白日的光华。“飞甍”（méng），高高的屋檐。作者《入朝曲》写金陵有“飞甍夹驰道，垂杨荫御沟”句。诗言京中景物“皆可见”，实际上自三山望京邑，见不到朱楼飞甍。所谓“皆可见”，是写其望乡之切。

5 “馀霞”二句：千秋传诵名句。写晚霞照耀江面，如同彩练，美丽如画。《王直方诗话》云：“谢玄晖（朓）最以‘澄江静如练’得名，故李白云：‘解道澄江静如练，令人却（长）忆谢玄晖。’”

6 覆：盖。言喧鸟之声覆盖春洲。

7 杂英：杂花。芳甸：芳香的郊野。

8 “去矣”二句：意谓将离京久留他乡，京中的欢宴已结束，徒然滋生怀念之情。“去矣”，指离京赴宣城。“方”，将。“滞淫”，逗留。暗用王粲《七哀诗》：“荆蛮非我乡，何为久滞淫？”“怀哉”，借用《诗经·王风·扬之水》：“怀哉怀哉，曷月予旋归哉！”暗寓怀归之意。

9　佳期：指归乡之期。即回京之期。何许：指何时。"何许"，用于地指何处，用于时指何时。

10　霰（xiàn）：小雪珠。泪如霰，泪如珠。

11　鬒（zhěn）：黑发。"鬒"之"变"，指由黑变白。末两句言望乡情切，黑发都要变白了。

| 延伸阅读 |

三山望金陵寄殷淑

［唐］李　白

三山怀谢朓，水澹望长安。

芜没河阳县，秋江正北看。

卢龙霜气冷，鸂鶒月光寒。

耿耿忆琼树，天涯寄一欢。

新安江至清浅深见底贻京邑游好 [1]

[南朝·梁]

沈　约

眷言访舟客，兹川信可珍 [2]。

洞澈随清浅，皎镜无冬春 [3]。

千仞写乔树，百丈见游鳞 [4]。

沧浪有时浊，清济涸无津 [5]。

岂若乘斯去，俯映石磷磷 [6]。

纷吾隔嚣滓，宁假濯衣巾 [7]。

愿以潺湲水，沾君缨上尘 [8]。

———

注释

———

1　新安江：源出今江西省婺源市西北率山，东流经安徽省休宁、歙县，东南流入浙江省，至建德与兰溪汇合，流入钱塘江（亦称之江，又称浙江）。此水至今犹清澈见底。京邑：京都。指今南京。游好：同游好友。《高僧传》载：

晋沙门惠承与惠远为"同门游好"，同止宿西林寺。齐明帝建武二年（495）由于政局的变化，谢朓被出为宣城太守，沈约也由吏部郎被出为东阳（今属浙江）太守。此诗为沈约赴东阳途经新安江时所作，表明自己清白的心志。

2 眷言：回顾的样子。"言"，语助词，无义。访舟客：问船的人。指京邑游好。兹川：指新安江。这两句回告京邑游好，新安江是很可珍贵的。

3 "洞澈"二句：言新安江无论深浅，无论冬春，均澄澈如同明镜一般。

4 "千仞"二句：谓水清可写千仞乔木的倒影，水深可见百丈之下的游鱼。"写"，言树影投于水中。"游鳞"，游鱼。

5 "沧浪"二句：用反衬法，以沧浪之浊、济水之涸，反衬新安江之水之不浊不涸。这也是"信可珍"之处。《孟子·离娄上》："沧浪之水清兮，可以濯吾缨；沧浪之水浊兮，可以濯吾足。""沧浪"语本此。"济"，济水，在今河南省济源市，古称济渎。"涸"，枯竭。《后汉书·郡国志》："温，苏子所都，济水出，王莽时大旱，遂枯绝。"

6 "岂若"二句：正叙本意，言不如乘新安江之流，俯视水中磷磷之石。"斯"，指新安江。"磷磷"，水中之石。魏刘桢《赠从弟》诗："泛泛东流水，磷磷水中石。"这里以物喻情，有洁身自好之意。

7 "纷吾"二句：意谓我行新安江，已隔绝纷纷然喧嚣的尘滓，何须再濯衣巾。"宁"，岂。"假"，借。

8 "愿以"二句：点题中之"贻京邑游好"，向游好赠言：愿以至清的新安江水，濯君缨上之尘。暗用《孟子·离娄上》沧浪濯缨之语。

渡西塞望江上诸山 [1]

[南朝·梁]

江　淹

南国多异山，杂树共冬荣 [2]。

潺湲夕涧急 [3]，嘈嘈晨鹍鸣 [4]。

石林上参错，流沫下纵横。

松气鉴青霭，霞光铄丹英 [5]。

望古一凝思，留滞桂枝情 [6]。

结友爱远岳 [7]，采药好长生 [8]。

当畏佳人晚，秋兰伤紫茎 [9]。

海外果可学，岁暮诵仙经 [10]。

1 西塞：西塞山。在今湖北省大冶市东九十里黄石山附近江边。又名道士洑矶。江淹二十多岁时入建平王刘景素幕，被诬入狱。后举南徐州秀才，转巴陵王国左常侍。不久即返刘景素幕任主簿、参军等职。此后未曾西行过西塞。以此推之，本篇似应作于转巴陵王国左常侍期间。诗写渡西塞之所感。

2 "南国"二句：写南方山林冬日荣茂不衰，点出南方特色。

3 "潺湲"句：言冬夕山涧泉水犹盛且急。渡西塞自江中望江上山涧如此。西塞江流亦急，如唐韦应物《西塞山》诗所云："势从千里奔，直入中流断。岚横秋塞雄，地束惊流满。"

4 鹍：鸟名。又叫鹍鸡，亦作昆鸡。似鹤，黄白色。宋玉《九辩》："鹍鸡啁哳而悲鸣。"

5 "石林"四句：写江上诸山石林参差错落之状，飞泉纵横交流之态，青霭松气相映，绯霞红花相照，极尽山林情状。此间景色之美，为陆游所激赏。陆游《入蜀记》云："晚过道士矶。石壁数百尺，色正青，了无窍穴，而竹树迸根交络其上，苍翠可爱。自过小孤，临江峰嶂无出其右。矶一名西塞山。"

6 "望古"二句：触景生情，望古塞而生恋主情。"桂枝"，楚辞《招隐士》："攀桂枝兮聊淹留。"后以"桂枝"喻可依托之人。以攀桂为投靠他人。如李白诗"我向淮南攀桂枝"，即指干谒地方官。所谓"留滞桂枝情"，意同淮南小山《招隐士》。这里似指留恋刘景素或巴陵王。

7 结友：结交朋友。承上句"桂枝情"。

8 药：指长生药。仙草一类。

9 "当畏"二句：所谓"畏佳人晚"，畏兰伤紫茎，细按其意，似有为刘景素或巴陵王政治前途担忧之意。

10 "海外"二句：由政治上的担忧而生出世之想。"海外"，指海外神仙。"仙经"，谈神仙的道书。

| 延伸阅读 |

西塞山怀古

〔唐〕刘禹锡

王濬楼船下益州，金陵王气黯然收。

千寻铁锁沉江底，一片降幡出石头。

人世几回伤往事，山形依旧枕寒流。

今逢四海为家日，故垒萧萧芦荻秋。

之零陵郡次新亭 ¹

[南朝·梁]

范 云

江干远树浮，天末孤烟起²。

江天自如合，烟树还相似。

沧流未可源³，高飘去何已⁴。

———
注释
———

1　零陵郡：治所在今湖南省永州市零陵区。新亭：故址在今南京市西南。或说一名劳劳亭。《太平寰宇记》以为即临沧观。具体位置失考。范云是齐梁间诗人。齐武帝永明十年（492）出使北魏，还朝后历任吏部尚书、尚书右仆射。本篇为作者离京（今南京）赴零陵内史任，途经新亭时创作的。

2　“江干”二句：写远望彼岸江边天末烟树迷茫的景色，犹如淡淡的水墨画。“江干”，江边。“远树浮”，远望烟岚之中的树影，有浮动之感。“天末”，天之尽头，即天际。

3　沧流：此指长江流水。未可源：难穷尽其源头。

4　高飘：形容江流急速。末句谓长江急速东去，未有停时。

登北顾楼 [1]

[南朝·梁]

萧 衍

歇驾止行警 [2]，迴舆暂游识 [3]。

清道巡丘壑，缓步肆登陟 [4]。

雁行上差池 [5]，羊肠转相逼 [6]。

历览穷天步，瞩瞩尽地域 [7]。

南城连地险，北顾临水侧 [8]。

深潭下无底，高岸长不测 [9]。

旧屿石若构，新洲花如织 [10]。

———

注释

———

1　北顾楼：即北固楼。楼址在今江苏省镇江市北固山上。梁大同十年（544），梁武帝萧衍于三月幸京口城，登北固楼，眺望良久，曰："此岭不须固守，然而京口实乃壮观。"于是改名"北顾"。后建"北顾亭"。本篇即此次登楼所作纪游诗，写登临北顾楼俯视长江水的观感。

2　歇驾：御驾停歇。指幸京口城事。行警：皇帝出行之戒肃。《汉书·梁孝王武传》："出称警，入言趉。"趉，亦作跸。"止行警"与"歇驾"均指帝王驻跸事。

3　迴舆：退回车马。天子所御车马等物称乘舆。游识：犹游览。"识"，知，鉴。"迴舆"句，意谓歇驾后退回车马，步行游览。

4　"清道"二句：写清路巡察山塈（指北固山），缓步而上。"巡"，巡幸，帝王外出巡视。《尚书·周官》："王乃时巡，考制度于四岳。""肆登陟"，纵情登攀。"陟"，登。

5　雁行：如雁飞有序，相次而行。差池：不齐的样子。《诗经·邶风·燕燕》："燕燕于飞，差池其羽。"此句言登山时顺序而上，先行与后行参差不齐。

6　羊肠：喻指崎岖曲折的小径。逼：逼仄，狭窄。

7　"历览"二句：言登上山顶，极目周览。"历览"，遍览。"天步"，语出《诗经·小雅·白华》"天步维艰"，原意指国运、时运，此似指登山之步。"穷天步"，意即登至山顶。"眮（xǐ）瞩"，远望。"尽地域"，极目所视，及至地域之尽头。

8　"南城"二句：写北固山南连城北临江的地理形势。"北顾"，北望。所谓改"北固"为"北顾"之说，或即从此诗衍化而来。

9　"深潭"二句：写俯视江潭，回视高岸的感受。承前"临水侧"而写。

10　"旧屿"二句：写在北顾楼环望江中所见景色。"屿"，海中之岛。北固京口至扬子广陵，为海潮所到之处，古称海门，故称江中之洲为"屿"。六朝时不仅焦山在水中，金山亦在水中，只有北固山三面临水一面通陆。所谓"旧屿石如构"，似指金、焦二山之上的岩石，乃至松寥二山上的石壁。"新洲"，江中新近冲积的沙洲。从北顾楼北望，可见瓜洲，瓜洲正不断发育扩大，所谓"新洲花如织"，或许即指扬子津南的瓜洲。

| 延伸阅读 |

北固楼

［宋］李公异

北固横江尽，东南第一州。

六朝都在望，回首倦登楼。

下方山[1]

[南朝·梁]

何　逊

寒鸟树间响，落星川际浮[2]。

繁霜白晓岸，苦雾黑晨流[3]。

鳞鳞逆去水[4]，淼淼急还舟[5]。

望乡行复立，瞻途近更修[6]。

谁能百里地，萦绕千端愁[7]。

———
注释
———

1　方山：又名天印山。形如方印，故名。在今江苏省南京市东南。秦淮水经其下。《元和郡县图志》："方山，在（上元）县东南七十里。秦凿金陵以断其势，方石山堆，是所断之处也。"何逊在梁武帝天监年间，曾任建安王萧伟的记室，并随府赴江州（今江西省九江市）。后返建康（今江苏省南京市），任过尚书水部郎。本诗似作于建康任职时期。诗写自方山而下所见江干景色和所触胸中愁情。

2 "寒鸟"二句：写下方山时，近闻树间寒鸟的鸣声，远见江中落星的浮影。时当秋日，故鸟称"寒鸟"。"落星"，落星石，在今江苏省南京市西南板桥落星岗。原在江中，今已远离江边，长江改道之故。"川际浮"，自方山远望，落星石如浮于天际。

3 "繁霜"二句：写江边之霜，江中之雾，霜之白，雾之黑，皆远望所得观感。

4 鳞鳞：写水波如鱼鳞之状。

5 淼淼：水深貌。

6 "瞻途"句：承上句"望乡"，因归心之切，所以虽近而觉远。"修"，长，远。

7 "谁能"二句：言足行百里之地，而心绕千端之愁。其愁为乡愁，所谓"乡愁"，实是盼望返回京都。从末四句看，诗似作于返京途中。

登二妃庙¹

[南朝·梁]

吴 均

朝云乱人目，帝女湘川宿²。

折菡巫山下³，采荇洞庭腹⁴。

故以轻薄好⁵，千里命舻舳⁶。

何事非相思，江上葳蕤竹⁷。

———

注释

———

1 二妃庙：又名黄陵庙。在今湖南省湘阴县北四十里。《水
经注·湘水》："湘水又北迳黄陵亭西，右合黄陵水口。其
水上承大湖，湖水西流迳二妃庙南，世谓之黄陵庙也。言大
舜之陟方也，二妃从征，溺于湘江，神游洞庭之渊，出入潇
湘之浦。""二妃"，传说尧之二女娥皇、女英，是舜的妻子。
吴均梁天监初柳恽治吴兴时为主簿，历建安王伟记室，补国
侍郎。何时至湘南，史籍未详。从《至湘洲望南岳》诗知他
曾南过洞庭。《登二妃庙》诗亦当为纪游之作，然年代失考。
2 "朝云"二句：述二妃未从舜帝于苍梧，宿于湘水之滨。

《汉书·刘向传》："舜葬苍梧，二妃不从。"又张衡《思玄赋》云："哀二妃之未从兮，翩缤处彼湘滨。""朝云"，暗指苍梧。古人以为苍梧为云之所出。"帝女"，指二妃娥皇、女英。

3　菡（hàn）：即菡萏（dàn），荷花。巫山：在今长江三峡之巫峡。今四川省巫山县东有神女庙。相传赤帝女瑶姬，未行而卒，葬于巫山之阳，称巫山之女。宋玉《高唐赋》写楚怀王与巫山神女相遇的故事。二妃折荷巫山下，未详所出。作者似以神女庙衬托二妃庙。"折菡"或乃诗人所拟，不必有出典。可能取"莲"（荷）与"怜"谐音，用以暗喻爱情。

4　荇（xìng）：荇菜。水生植物，多生于湖塘之中，嫩时可食用。"采荇"，语出《诗经·周南·关雎》："参差荇菜，左右采之。"汉人说诗，以为《关雎》有"后妃之德"，故诗人用以喻指二妃的行为。洞庭：即洞庭湖。洞庭湖中君山至今犹传有二妃墓及湘妃竹。

5　轻薄好：似指巫山神女的情爱。

6　"千里"句：言二妃南下潇湘追寻舜帝。"舻舳"（lú zhú）：指首尾相衔接的船只。

7　"何事"二句：意谓无物不引起相思之情，湘江之上的斑竹便是一例。"葳蕤"，繁盛貌。"竹"，指斑竹。竹上有斑纹，相传为二妃泪水所染。实乃某种青苔（或说菌类）腐蚀竹皮所形成。

入若耶溪 ¹

[南朝·梁]

王　籍

艅艎何泛泛，空水共悠悠 ²。

阴霞生远岫，阳景逐迴流 ³。

蝉噪林逾静，鸟鸣山更幽 ⁴。

此地动归念，长年悲倦游 ⁵。

————
注释
————

1　若耶溪：在今浙江省绍兴市南二十里若耶山下，北流入镜湖。王籍天监年间为湘东王萧绎谘议参军。《梁书》本传云："除轻车湘东王谘议参军，随府会稽。境有云门、天柱山，籍尝游之，或累月不反。至若耶溪赋诗，其略云：'蝉噪林逾静，鸟鸣山更幽。'当时以为文外独绝。"据《颜氏家训》云，此诗梁简文帝吟咏不能忘之，梁孝元帝讽味之，以为不可复得。王籍因有此诗（另有《棹歌行》，仅存诗二首），所以能立足于中国诗坛，成为知名诗人。

2　"艅艎"二句：写若耶溪泛舟见水天一色的景致。"艅艎"，亦作"馀皇"，古代的一种船名。晋葛洪《抱朴子·博喻》："馀皇鹢首，涉川之良器也。""泛泛"，流动貌。《诗经·小雅·采菽》："泛泛杨舟，绋纚维之。"

3 "阴霞"二句：写远山霞色回流阳光，风景如画。"岫"，山。"景"，阳光。

4 "蝉噪"二句：为古今传诵名句。其妙处在以动写静，若耶溪景色的幽静，可以从鸟鸣蝉噪的声音里领略出来。颜之推《颜氏家训·文章》云："《诗》云：'萧萧马鸣，悠悠旆旌。'《毛传》曰：'言不喧哗也。'吾每叹此解有情致，籍诗生于此意耳。"《诗经》中马鸣是写偃静，王籍诗鸟鸣写幽静，同为写静，其趣有别。《冷斋夜话》云："荆公（王安石）言前辈诗'风定花犹落'，静中见动意；'鸟鸣山更幽'，动中见静意。山谷（黄庭坚）云：'此老论诗，不失解经旨趣，亦可怪耳。'"然而王安石却又反其意而咏之，在《钟山即事》诗中云："茅檐相对坐终日，一鸟不鸣山更幽。"被黄庭坚笑为"点金成铁手"。王世贞《艺苑卮言》云："'鸟鸣山更幽'，本是反不鸣山幽之意，王介甫（安石）何缘复取本意而反之？且'一鸟不鸣山更幽'有何趣味？宋人可笑，大概如此。"

5 "此地"二句：意谓见此清幽闲静的山水，不觉萌生归隐的念头，而对于游宦生活感到厌倦。

从周入齐夜渡砥柱 ¹

［北朝·齐］

颜之推

侠客重艰辛，夜出小平津²。

马色迷关吏，鸡鸣起戍人³。

露鲜华剑彩，月照宝刀新⁴。

问我将何去，北海就孙宾⁵。

注释

1 从周入齐：自北周投奔北齐。砥柱：即砥柱山，亦名底柱
山。在今河南省三门峡市三门峡。三门为中神门、南鬼门、
北人门。赵冬曦《三门赋序》："砥柱六峰，皆在大河中流，
其最北有两柱相对，距岸而立，所谓三门也。"颜之推先仕梁，
随梁湘东王居荆州，及王即位，以为散骑侍郎，奏舍人事。
后荆州为周军所破，周大将军李穆（字显庆）重之，送往弘
农（在今陕西省），令其掌其兄阳平公远书翰。遇黄河水暴涨，
之推备船与妻儿奔北齐。《北史·颜之推传》称："经砥柱
之险，时人称其勇决。"本篇即写自周奔齐夜渡砥柱的情况。

2　"侠客"二句：自称"侠客"，不畏艰辛，夜行出关，乘舟赴小平津。"小平津"，在今河南省孟津之北，为汉灵帝所置八关之一。

3　"马色"二句：写骑马夜度函谷关。"关吏"，函谷关守关小吏。秦函谷关在今河南省灵宝市，汉函谷关在今河南省新安县（汉楼船将军杨仆起羞为关外人，移秦关于今新安地），此指过秦关。"鸡鸣"，用孟尝君过关事。战国时，齐孟尝君之秦被留，设计东归，夤夜过关，鸡鸣才得开关门，而后有追兵。食客中有人学鸡鸣，群鸡齐鸣，开关门，于是安全东归。

4　"露鲜"二句：写夜行霜天月夜，随身带着刀剑。诗句妙在设喻，善于运用双关比喻，古人称为"映带体"。"露"与"剑"、"月"与"刀"，皆是实物，却用为比喻，以露之寒光与剑之寒光互比，又以月之形色与刀之形色互比。唐李白《塞下曲》"边月随弓影，胡霜拂剑花"，亦用双关比法。

5　"北海"句：意谓将奔北齐。"北海"，渤海别名。这里指代齐（在今山东）。"孙宾"，疑指孙膑。孙膑，战国齐人，曾为齐谋击魏，败庞涓于马陵道。诗意似托孙膑说明诗人将奔北齐投靠某军官。颜之推至北齐后曾被除为司徒录事参军。

将命使北始渡瓜步江 ¹

[北朝·北周]

庾 信

校尉始辞国 ²，楼船欲渡河 ³。

辒轩临碛岸，旌节映江沱 ⁴。

观涛想帷盖 ⁵，争长忆干戈 ⁶。

虽同燕市泣，犹听赵津歌 ⁷。

注释

---

1 将命使北：负命出使北国。考庾信生平，有两度使北，一
次出使东魏，一次出使西魏。出使西魏，适逢西魏攻克江陵，
杀梁元帝萧绎，于是被扣留在长安。首次出使东魏，史籍未
载纪年。《南史》本传云："累迁通直散骑常侍，聘于东魏，
文章辞令，盛为邺下所称。"庾信集中有《将命至邺酬祖正
员》诗，即作于出使东魏之时。梁武帝大同八年（542），安
城郡人刘敬躬造反，湘东王萧绎擒杀之。据周文帝子滕王逌
《庾信集序》云："于时江路有贼，梁先主使（庾）信与湘
东王论中流水战事。"序文接着说："兼通直常侍，使于魏土，

接对有才辨。"大同十一年（545）夏，东魏人来聘。庾信当是本年北使东魏。前有论水战事，与诗中"楼船欲渡河"，"争长忆干戈"正相切合。瓜步江：瓜步山下长江渡口。瓜步山在今江苏省六合区东南，临大江。阮叙之《南兖州记》："瓜步山，南临江中，涛水自海注江，冲激六百里许。"山原在江中，故鲍照《瓜步山揭文》云："瓜步山者，亦江中眇小山也。"

2　校尉：汉代为掌管特种军队的将领。

3　楼船：楼船将军。《史记·杨仆传》："南越反，拜为楼船将军。"上二句诗人以军官自命，写其辞国渡江使北。

4　"辒轩"二句：写乘车拥节来到江边的威武场面。"辒"（chūn）：行驶在泥泞道上的交通工具。古有所谓"泥乘辒"的说法。"轩"，一种曲辕有辒的车。"碛岸"，石岸。"旌节"，古代使者所持之节，旄牛尾所制饰物系于竹节，作为信守的象征。"沱"（tuó）：江水的支流。

5　"观涛"句：写临江观海潮，形如车的帷盖。枚乘《七发》："海水上潮，其少进也，浩浩凯凯，如素车白马，帷盖之张。"

6　"争长"句：谓争先必动武。语源出黄池之会。《左传·哀公十三年》："夏，公会单平公、晋定公、吴夫差于黄池。秋七月辛丑，盟，吴、晋争先。吴人曰：'于周室，我为长。'晋人曰：'于姬姓，我为伯。'"

7　"虽同"二句：以荆轲使秦、赵津闻歌为喻，形容渡江北上的壮烈场景和激动心情。"燕市泣"，《史记·刺客列传》载，荆轲嗜酒，常与高渐离饮于燕市，醉后高歌，旁若无人。将使秦，燕太子丹送于易水之上，渐离击筑，荆轲歌："风萧萧兮易水寒，壮士一去兮不复还。"闻者"皆垂泪涕泣"。

"赵津歌"，刘向《列女传》载：赵河津吏之女娟，代父操楫，渡赵简子过河。中流为简子歌《河激》："升彼阿兮面观清，水扬波兮杳冥冥。祷求福兮醉不醒，诛将加兮妾心惊。罚既释兮渎乃清，妾持楫兮操其维。蛟龙助兮主将归，呼来棹兮行弗疑。"简子大悦，后立娟为夫人。

| 延伸阅读 |

重别周尚书

［北朝·北周］庾　信

阳关万里道，不见一人归。

惟有河边雁，秋来南向飞。

渡青草湖 [1]

[南朝·陈]

阴　铿

洞庭春溜满 [2]，平湖锦帆张 [3]。

沅水桃花色 [4]，湘流杜若香 [5]。

穴去茅山近 [6]，江连巫峡长 [7]。

带天澄迥碧，映日动浮光 [8]。

行舟逗远树，度鸟息危樯 [9]。

滔滔不可测，一苇讵能航 [10]。

注释

1　青草湖：在今湖南省岳阳市西南，湖多青草，故名。亦名
巴丘湖。与洞庭湖相连。阴铿原籍武威姑藏（今甘肃省武威
市），其高祖迁居南平（在今湖北荆州地区），仕梁为湘东
王萧绎法曹参军，入陈累迁晋陵太守。来往于长江中下游，
所以在他的诗中多描写江陵、洞庭、武昌一带景色。本篇即
写洞庭青草间风光。

2　洞庭：洞庭湖，在今湖南省，为湘、资、沅、澧诸水汇流处。春溜：春天山间小股水流。

3　"平湖"句：写渡湖。由洞庭而青草。

4　沅水：北源出贵州之舞水，南源为平越之猪梁江，合流为清水江，入湖南境称沅江，会西水，东北流经桃源、常德，分数道流入洞庭湖。相传陶渊明所写桃花源洞就在桃源。沅水所经之地，故诗云"沅水桃花色"。唐张旭《桃花溪》诗"桃花尽日随流水，洞在清溪何处边"，其意相近。

5　湘流：即湘水，又叫湘江。源出广西兴安之阳海山，与漓水同源，称漓湘；东北流至湖南零陵与潇水汇合，称潇湘；又东北流会衡阳蒸水，称蒸湘，合称三湘。最后经湘阴入洞庭湖。屈原《九歌·湘君》："采芳洲兮杜若，将以遗兮下女。"此湘君杜若，为"湘流杜若香"之所本。

6　茅山：在今江苏省句容市东南。又名句曲山。《元和郡县图志》："茅山，本名句曲，以山形似'己'字，故名句曲。"汉茅盈与弟茅衷、茅固自咸阳来此修炼得道，世号"三茅君"，山因名茅山。亦称"三茅山"。山有华阳洞，为三茅得道之所。"穴"，指仙家洞穴。"穴去茅山近"是就洞庭青草以东而言。

7　巫峡：长江三峡之一。三峡中最长为巫峡。

8　"带天"二句：写青草湖水天相映的景色，颇能传神。

9　"行舟"二句：写湖中舟行所见，远树近鸟，皆有诗情画意。

10　"滔滔"二句：言大湖之宽广，非一苇可航。反前人之说，夸湖之大。"滔滔"，言水流之状。《诗经·大雅·江汉》："江汉滔滔，南国之纪。"《三国志·吴书·贺邵传》云："长江之限，不可久恃，苟我不守，一苇可航也。"此反其意而咏之。"苇"，芦苇。一苇航之，言一束苇浮于江，如桴筏之可渡江。

秋日登广州城南楼 [1]

[南朝·陈]

江 总

秋城韵晚笛 [2]，危榭引清风 [3]。

远气疑埋剑 [4]，惊禽似避弓 [5]。

海树一边出，山云四面通。

野火初烟细，新月半轮空 [6]。

塞外离群客，颜鬓早如蓬 [7]。

徒怀建邺水 [8]，复想洛阳宫 [9]。

不及孤飞雁，独在上林中 [10]。

注释

1　广州：春秋战国时为百粤地，汉初为南越国，三国吴改置广州，辖境兼今广东、广西，治所在番禺，即今广州市。南楼：指广州南城楼。江总为南朝诗人，梁朝时为武帝所赏识，官至太常卿。太清二年（548）降将侯景叛乱，攻破建康（今江

苏省南京市），气死武帝，改立简文帝。江总避难会稽，又
转至广州。至陈文帝天嘉四年（563）才被征召回建康，任中
书侍郎。此诗为避难广州时所作，写触景生情怀念故国的怀抱。

2　"秋城"句：言秋夕的广州城响起了和谐的竹笛的声音。
"韵"，和谐的声音。这里作动词用。

3　危榭（xiè）：在台上盖的高屋。此指城垣上的高屋，即城楼。
"危"，高。

4　"远气"句：《晋书·张华传》载：吴未灭时，斗牛之间
有紫气，道术之士以为吴方强盛，张华以为不然。吴灭后紫
气愈明。张华闻雷焕能观天象，因邀其登楼仰观。雷焕说斗
牛之间异气为宝剑之精，剑在豫章丰城。张华命焕为丰城令。
焕到县，掘狱屋基，入地四丈余，得一石函，光气非常，中
有双剑，一曰龙泉，一曰太阿。其夕斗牛间紫气不复见。宝
剑一交张华，一自持。两人死后两剑皆入延平津（在今福建
南平），化为双龙飞去。本句暗用此典。"埋剑"指丰城剑。
后以剑气喻人之声誉或才华，诗句也暗寓地灵人杰之意。

5　"惊禽"句：《战国策·楚策》有雁"闻弦（弓）音而高
飞"的比喻，后为成语"惊弓之鸟"。《晋书。王鉴传》："黩
武之众易动，惊弓之鸟难安。"本句惊禽避弓出此，用以喻
自己因侯景之乱远身避害的心境。

6　"海树"四句：写自傍晚登楼至夜月初上，所见海树、山
云、野火、新月诸景物，皆是南方风光，使人读了如身临其境。
山水诗的技巧，至此已相当娴熟。

7　"塞外"二句：是南方风物，因而触发出羁旅之感。"塞外"，
塞北，泛指北边地区。江总是济阳考城（今河南省兰考县东）
人，为何称塞外客？这里是以塞雁自拟。雁是候鸟，南来北去，

古人常以边塞之雁作比，以喻远离家乡的人。所谓"离群客"，是以离群之雁自拟。"颜鬓早如蓬"，谓面色和鬓毛都早已如蓬草之衰飒了。形容羁旅的憔悴。古人多将游子比作转蓬（断根的蓬草）。

8 建邺：即建业，晋时改称"建邺"，南朝称"建康"，当时是京都。"建邺水"，即"建业水"。三国时吴建都建业，至孙皓改迁武昌。江东百姓逆水运粮供给，苦不堪言，当时有童谣云："宁饮建业水，不食武昌鱼。"（见《三国志·吴书·陆凯传》）后引作怀念故乡的典故。"徒怀建邺水"即含此意。

9 "复想"句：托"想洛阳宫"，表示心怀朝廷。"洛阳宫"，洛阳的宫殿。东汉、三国魏、西晋、北魏先后定都洛阳（今河南省洛阳市）。此以洛阳宫喻建康（今江苏省南京市）宫殿。

10 "不及"二句：前以塞雁自拟，末二句用传书雁反衬北归的心愿。《汉书·苏建传》附苏武传载，汉武帝时，苏武出使匈奴，被拘留牧羊十多年。后匈奴与汉和亲，汉要求匈奴放苏武南归。匈奴诡称苏武已死。汉使诈称武帝在上林苑射猎，得北来雁，雁足系书信，说苏武在某泽中。于是匈奴只好放苏武归汉。后人便以雁足传书为故实，屡用于诗中。这里也引此典，但意不在传书，而在孤飞之雁得返宫苑上林。"上林"，秦旧苑，汉武帝扩建，周围至三百里，离宫七十所。苑中养禽兽，供汉武帝春秋二季打猎。其地在今陕西省西安市、周至县、户县交界。汉司马相如有《上林赋》。

入郴江 ¹

[隋]

薛道衡

仗节遵严会²，扬舻溯急流³。

征途非白马⁴，水势类黄牛⁵。

跳波鸣石碛，溅沫拥沙洲⁶。

岸回槎倒转⁷，滩长船却浮。

缘崖频断挽，挂壁屡移钩⁸。

还忆青丝骑，东方来上头⁹。

——

注释

1　郴江：源出湖南省郴州市黄岑山，北流入耒水。隋炀帝大业初年（约607），薛道衡由襄州（今湖北省襄阳市）总管，转番州（今广东省广州市）刺史。赴岭南乘船溯郴江而南，越白石岭即入广东省境。本篇是途经郴江时所作，写旅途的观感。

2　仗节：持节。执持出使的旌节，即奉命。这里指奉命赴番州任刺史。遵严会：遵命急赴任所。严，急。

3 "扬舲"句：谓驾着小船溯着急流向南而进。舲（líng）：有窗的小船。

4 "征途"句：言旅途是水路，不是骑马行陆路。"白马"，汉代太守出行用五马。这里暗用汉无名氏《陌上桑》所咏使君（太守）逢罗敷事。诗有"何用识夫婿？白马从骊驹"句，为此句"白马"所本。

5 "水势"句：言郴江水势很急，犹如黄牛滩。"黄牛"，黄牛山，又名黄牛峡，峡中有黄牛滩。在今湖北省宜昌市西北。《水经注·江水》："江水又东迳黄牛山下，有滩名曰黄牛滩。……此岩既高，加以江湍纡回，虽经信宿，犹望见此物。故行者谣曰：'朝发黄牛，暮宿黄牛，三朝三暮，黄牛如故。'"

6 "跳波"二句：写郴江湍急波浪翻滚溅沫横飞的景象。"碛"，浅水中的沙石。

7 槎：竹筏，木筏。

8 "缘崖"二句：写船行至崖岸时，不能再拉纤挽船（"频断挽"），只好用长竿搭钩，钩住崖壁（"挂壁"）以代牵引，移钩而船进，所以说"屡移钩"（船不断地前进）。

9 "还忆"二句：因为是赴番州刺史任，所以又想起使君逢罗敷的故事。《陌上桑》有句云："东方千余骑，夫婿居上头……青丝系马尾，黄金络马头……"

秋日翠微宫 [1]

[唐]

李世民

秋日凝翠岭 [2]，凉吹肃离宫 [3]。

荷疏一盖缺，树冷半帷空 [4]。

侧阵移鸿影，圆花钉菊丛 [5]。

摅怀俗尘外，高眺白云中 [6]。

———

注释

———

1　翠微宫：原名太和宫。在今西安市南终南山太和谷（属太乙宫镇）。唐高祖武德八年（625）建造，唐太宗贞观十年（636）废，贞观二十一年（647），时大热，公卿百官请重修太和宫，于是命将作大匠阎立德主持修缮，改名"翠微宫"。当年五月，唐太宗李世民因得风疾，上翠微宫疗养，张昌龄献《翠微宫颂》。秋七月庚戌始还宫。本篇当是秋日还宫前所作。离宫后改作寺，刘禹锡《翠微寺有感》曾追忆唐太宗上翠微宫避暑的情况。诗云："吾王昔游幸，离宫云际开。朱旗迎夏早，凉轩避暑来。汤饼赐都尉，寒冰颂上才。龙髯不可望，玉座生尘埃。"

2 翠岭：指终南山。

3 凉吹：指秋风。秋日风凉，故称凉吹。吹读厄声。肃：古有"秋
气肃杀"之说。晋葛洪《抱朴子·用刑》："青阳阐陶育之和，
素秋厉肃杀之威。"这里言秋风肃杀。离宫：皇帝的别宫。
这里指翠微宫。

4 "荷疏"二句：写入秋后离宫景物的变化：因为秋凉，夏
荷的叶子（荷盖）开始凋疏了，如同车盖的叶子缺落了；因
为天冷，树叶也开始黄落，原先如同翠色的帷幕，也已空了
半帷了。

5 "侧阵"二句：直接写秋天的物候。候鸟鸿雁开始南飞，
秋菊的圆花也开始绽开。雁影移动，而菊花则如同"钉"在
花丛之中。"侧阵"，倾斜的雁阵。与"斜雁"意同。雁飞
成阵，或成"一"字，或成"人"字。

6 摅怀：抒发怀抱。末两句意谓抒发超然尘俗之外的情怀，
抬头仰望天边悠然舒展的白云。表现出豁达的心胸，而不是
想消极避世。唐太宗在翠微宫，有一次在离宫正殿同侍臣对
话，他问群臣："我的才能不及古帝王，而我的成功超过他
们，为什么？请诸位实说。"群臣都说："陛下功德如天地，
万物不得而名言。"唐太宗说："不然。我之所以能成功，
有五事而已。其一，古帝王多疾胜己者，而我把别人的擅长，
看作己之所有；其二，人各有长短，不能兼备，我取其所长，
弃其所短；其三，人主往往将贤者拉得来，将不肖者推得远
远的，我则敬贤而怜不肖，二者各得其所；其四，人主多恶
正直，并加以诛戮，我则未尝罢免一个正直的人，所以正直
之士比肩于朝；其五，自古皆贵中华，而轻视少数民族，我

则爱之如一，所以他们也能如同依赖父母那样依从朝廷。这五者就是我成功的原因。"从唐太宗在翠微宫所总结的政治经验看来，他的确是一位豁达大度的贤明君主。诗中所表现的也正是这种雍容的态度。

| 延伸阅读 |

守 岁

[唐] 李世民

暮景斜芳殿，年华丽绮宫。

寒辞去冬雪，暖带入春风。

阶馥舒梅素，盘花卷烛红。

共欢新故岁，迎送一宵中。

游九龙潭 [1]

［唐］

武则天

山窗游玉女 [2]，涧户对琼峰 [3]。

岩顶翔双凤 [4]，潭心倒九龙 [5]。

酒中浮竹叶 [6]，杯上写芙蓉 [7]。

故验家山赏，惟有风入松 [8]。

———

注释

———

1　九龙潭：在河南省登封市太室山东岩春震峰下。古名龙滴水。众山诸水汇集于此，成一大峡，峡作九叠，叠各一潭，水倾注而下递相输灌，连贯九潭，故名"九龙潭"。传说武则天曾在这里建造离宫，同太平公主到离宫避暑。离宫后改为寺，称龙潭寺。本篇为武则天游九龙潭时所作，写宴游情况。

2　"山窗"句：写玉女窗。嵩山三十六峰中有玉女峰，峰有玉女窗。李白《送杨山人归嵩山》诗："我有万古宅，嵩阳玉女峰。"《登封县志》载：太室有玉女峰，峰北有石如女子。李白《送王屋山人魏万还王屋》诗："朅来游嵩峰，……

暮宿玉女窗。"王琦注引《图经》:"嵩山有玉女窗,汉武帝于窗中见玉女。"宋谢绛《游嵩山寄梅殿丞书》云:"窥玉女窗、捣衣石,石诚异,窗则亡有。"宋时玉女窗已失传。玉女捣衣石,在今太室山青松岭上。相传月夜可闻玉女捣衣之声。

3 琼峰:如玉的山峰。泛指太室山众峰。

4 双凤:嵩山有三鹤峰,又有鸡鸣峰。所谓"双凤",当指峰名,今已失传,或许即鸡鸣峰。

5 九龙:指九龙潭。

6 竹叶:酒名。庾信《春日离合诗》:"三春竹叶酒,一曲鹍鸡弦。"

7 芙蓉:酒杯名。古有所谓芙蓉杯。王维《茱萸沜》诗:"山中傥留客,置此芙蓉杯。"又有所谓"荷叶杯""莲子杯"。

8 "故验"二句:意谓与家乡风物相验,只有风入松的清韵可以相比。"家山",故乡。"风入松",古歌曲有《风入松》之名。这里是实指松林风声的清赏。李白《淮南卧病书怀寄蜀中赵征君蕤》诗:"风入松下清,露出草间白。"风松之意在于清。与则天诗近似。

灵隐寺 [1]

[唐]

宋之问

鹫岭郁岧峣 [2]，龙宫锁寂寥 [3]。

楼观沧海日，门对浙江潮 [4]。

桂子月中落，天香云外飘 [5]。

扪萝登塔远 [6]，刳木取泉遥 [7]。

霜薄花更发，冰轻叶未凋 [8]。

夙龄尚遐异，搜对涤烦嚣 [9]。

待入天台路，看余度石桥 [10]。

注释

---

1 灵隐寺：是我国禅宗十刹之一。在今浙江省杭州市西湖西北灵隐山麓。清康熙南巡时更名"云林禅寺"。宋之问与张易之关系密切，及张易之败，被贬泷州（治所在今广东省罗定市东），不久逃归。中宗即位召入修文馆。后因故贬越州

（今浙江省绍兴市）长史。此诗当作于此期。关于此诗，相传为贬黜放还至江南作，但宋之问贬泷州，是逃归，非放还；终流钦州（今广东钦州），赐死。故游灵隐寺当在贬越州长史期间。

2　鹫岭：即灵鹫峰，又名飞来峰。东晋咸和初（约326）印度高僧慧理登此山，说："此天竺（印度）灵鹫山之小岭，不知何年飞来？"故有"飞来"之名。海拔仅一百六十八米，但岩石突兀，古木参天，颇有气势。郁岧峣：高峻的样子。

3　龙宫：杭州西湖古代为海湾，故有"龙宫"之说。

4　"楼观"二句：写海日、江潮。唐代海潮可达杭州。这两句传为骆宾王所续。宋计有功《唐诗纪事》"骆宾王"条载："宋之问贬黜，放还至江南，游灵隐寺。夜月极明，长廊行吟曰：'鹫岭郁岧峣，龙宫锁寂寥。'句未属。有老僧点长明灯，问曰：'少年久不寐，何耶？'之问曰：'适偶欲题此寺，而兴思不属。'僧请吟上联，即曰：'何不云"楼观沧海日，门对浙江潮"。'之问愕然，讶其遒丽。又续终篇曰：'桂子月中落，天香云外飘。扪萝登塔远，刳木取泉遥。霜薄花更发，冰轻叶未凋。……待入天台路，看余度石桥。'迟明更访之，则不复见矣。寺僧有知者曰：'此宾王也。'"

5　"桂子"二句：这两句为古今传诵名句，境界飘逸幽清，且切合杭州特点。古时杭州灵隐、天竺多桂花，故有所谓"三秋桂子，十里荷花"之称。相传月中有桂树，"月中落"正化用这一神话传说。

6　萝：藤萝。"扪萝"句，言攀藤登山爬上高塔。所登何塔不详。宋王安石《登飞来峰》诗云："飞来峰上千寻塔，闻说鸡鸣见日升。不畏浮云遮望眼，只缘身在最高层。"据此可知，宋朝飞来峰（即诗中所说的"鹫岭"）上有高塔，所登应即此塔。

7　刳木：古有"刳木为舟"之说（见《周易·系辞下》）。这里指乘船。泉：指龙泉，又称灵河。佛典《安乐集》称："附水灵河，世旱无竭。"又《智度论》曰："譬如龙泉，龙力故不竭。""刳木"句意谓乘舟到遥远的灵河取泉水。因所咏为佛寺，故就佛典虚拟成诗，非实指取泉事。

8　"霜薄"二句：写江南秋天景色。桂花秋时开花，南方地暖，秋时树叶依然发绿，尚未凋谢。

9　"夙龄"二句：意谓早年喜欢奇思远想，以吟诗作对来消除尘世繁杂的干扰。"夙龄"，早岁，早时，从前。"遐异"，遐思异想。指追求尘俗以外的一种境界。"搜对"，构思对句。如本篇逸事所说求属对于僧人。"烦嚣"，尘俗的多种烦乱喧嚣的杂事和杂念。

10　"待入"二句：意谓将入天台山中过石桥，那时便可以进入佛国的清净境界。"天台"，天台山。在今浙江省天台县。山下有国清寺，是天台宗的发祥地。天台智者大师以《法华经》为根本，以《智度论》为旨趣。"石桥"，又叫石梁。在今天台山中方广寺侧。一石长七米，其脊阔半尺余，高悬于飞瀑之上，有"第一奇观"之称。唐代诗人多有咏石桥的诗。

夜宿七盘岭¹

［唐］

沈佺期

独游千里外，高卧七盘西。

晓月临窗近，天河入户低²。

芳春平仲绿³，清夜子规啼⁴。

浮客空留听⁵，褒城闻曙鸡⁶。

———

注释

———

1 七盘岭：又名五盘岭，是秦蜀分界处，上有七盘关。在利州（今四川省广元市）之北一百多里。沈佺期青少年时代曾游长安，并由秦入蜀，经过七盘岭，又经龙门，到巴蜀游历。这诗是过七盘岭时夜宿岭头所作的一首律诗，七盘岭的夜景写得十分逼真，是一首纪游佳作。

2 "晓月"二句：写夜宿岭头，山高近月，天河入户，无其实境，却有实感。

3 平仲：木名。《本草纲目》三十果部"银杏"条引晋左思《吴都赋》"平仲桾梿"以及《文选》注"平仲之木，实如白银"

为注脚，故疑平仲即银杏。

4 子规：即杜鹃。又名子嶲、催归。传说古蜀帝杜宇化为杜鹃。其鸣声似"不如归去"，故有"催归鸟"之称。行旅闻其声益添漂泊之感，而产生思乡之情。

5 浮客：没有当地户籍的人称"浮客"。这里指浮游他乡的游客。

6 褒城：在唐属山南道兴元府，本汉中郡，古褒国之地。故城在今陕西省褒城县东南。

| 延伸阅读 |

寒 食

[唐]沈佺期

普天皆灭焰，匝地尽藏烟。

不知何处火，来就客心然。

度荆门望楚 [1]

[唐]

陈子昂

遥遥去巫峡 [2]，望望下章台 [3]。

巴国山川尽，荆门烟雾开 [4]。

城分苍野外，树断白云隈 [5]。

今日狂歌客，谁知入楚来 [6]。

———

注释

———

1　陈子昂为梓州射洪（今属四川）人，武后朝出川任职。此诗写下三峡入荆门的情景。"荆门"，在今湖北省宜都市西北长江南岸，与北岸虎牙山相望。上下开合，为长江绝险处。《水经注·江水》："江水又东历荆门虎牙之间。荆门在南，上合下开，暗彻山南，有门像；虎牙在北，石壁色红，间有白文，类牙形，并以物象受名。此二山，楚之西塞也。水势急峻，故郭景纯《江赋》曰：'虎牙桀竖以屹崒，荆门阙竦而盘薄。……'""楚"，古代楚国范围相当于今之湖北湖南广大地区。

2 巫峡：长江三峡之一，位于瞿塘峡和西陵峡之间。

3 章台：即章华台。是春秋时楚国所建高台。其址一说在今湖北监利县西北，一说在今湖北省荆州市。章华寺（在沙市区东北隅太师渊），相传为章华台旧址，元代泰定年间于台址建寺，名章华寺。

4 "巴国"二句：写舟行出三峡后所见开阔的江面和宽广的平原。"巴国"，周姬姓国，子爵，治所在今重庆市江北区。这里泛指巴蜀，即指四川。

5 "城分"二句：写所见平原城郭烟树，视野开阔。是舟行出峡后，由狭而宽，由塞而通的突出感受。"苍野"，绿色的原野。"限"，边。

6 "今日"二句：意谓狂者竟然入楚狂的家乡，有一种快然自足之感。"狂歌客"，以楚狂接舆自拟。《论语·微子》："楚狂接舆歌而过孔子。"疏："接舆，楚人，姓陆名通。昭王时政令无常，乃披发佯狂不仕，时人谓之楚狂。"狂客，典出于此。

滠湖山寺 [1]

[唐]

张 说

空山寂历道心生 [2]，虚谷迢遥野鸟声 [3]。

禅室从来尘外赏，香台岂是世中情 [4]。

云间东岭千寻出 [5]，树里南湖一片明 [6]。

若使巢由知此意，不将萝薜易簪缨 [7]。

注释

1　滠（yōng）湖：故址在今湖南省岳阳市城南，已成陆地。与洞庭、青草并邻，即唐赵冬曦《滠湖作》诗所说"三湖返入两山间，畜作滠湖弯复弯"。赵冬曦本篇诗序云："巴丘南滠湖者，盖沅湘澧汨之余波焉。兹水也，沦汇洞庭，澹澹千里，夏潦奔注，则洈为此湖。冬霜既零，则涸为平野。按《尔雅》云：'水反入为滠。'斯名之作有由焉尔。而此乡炎暑，子月草生，弥望青青。相与游藉，岂盈虚之可叹，亦风景之多伤。感物增怀，因书其事。"赵冬曦有陪张说游滠湖诗多首，为同时人，其所见滠湖景色，与张说所见相同。张说在开元初召为中书令，

封燕国公。因与姚元崇不和，罢为相州刺史、河北道按察使，又受累左迁岳州，停实封。这首诗作于左迁岳州之时。由于政治上失意，所以在诗中流露出消极情绪。作者另有同题五言诗，写寺中壁画。

2　道心：佛家术语。佛经有所谓"福业不成，道心无涉"，可知道心与成福业有关。又有所谓"道心者"，指在家行佛修道者。这句诗意思是说，来到静寂的空山，便萌生了道心。意即产生行佛修道的念头。

3　迢（tiáo）遥：悠远。

4　"禅室"二句：言佛寺禅房为远离世俗、远离世情的地方。"禅室"，参禅之所。"尘外"，尘俗之外。"香台"，佛家语，指佛殿。一指香炉之台。

5　千寻：极言其高。八尺为一寻。

6　南湖：指滠湖。

7　巢由：巢父和许由。相传唐尧之世，尧将以天下让巢父，不肯受；又让天下于许由，许由到颍水滨洗耳，认为听到让位的事污了他的耳朵，依旧隐居箕山。萝薜：女萝和薜荔。屈原《九歌·山鬼》："若有人兮山之阿，被薜荔兮带女萝。"后以薜萝指隐士的服装。《晋书·谢安传论》有"褫薜萝而袭朱组"语，其意与"萝薜易簪缨"同。"簪缨"，古代官吏的冠饰，常用以形容仕途显贵。末两句是说，若是巢父和许由知道这里有此妙境，自然不会将隐士的服装换上显官的冠饰，即不会离开山林走向官场。按，巢父与许由，在传说中未曾出仕。这里为了将诗意推进一层，故意假设巢由曾经受官而加以否定，用的是婉转笔法，并非误用典故。

次北固山下 [1]

［唐］

王 湾

客路青山外，行舟绿水前 [2]。

潮平两岸阔，风正一帆悬 [3]。

海日生残夜，江春入旧年 [4]。

乡书何处达，归雁洛阳边 [5]。

———
注释
———

1　北固山：又称北顾山。在今江苏省镇江市。王湾开元初为
荥阳主簿，曾参与校理四部典籍，终仕洛阳尉。他曾往来于
吴、楚间，本篇为自洛旅吴时所作，是为人们传诵的名篇。《河
岳英灵集》录此篇，题作《江南意》。

2　"客路"二句：写江中舟行所见。二句一本作"南国多新
意，东行伺早天"，可知此诗为东游时所作。

3　"潮平"二句：写江景，气象阔大，富于画意。"阔"，
一作"失"。作"两岸失"，亦极言江面之阔。王夫之《姜
斋诗话》卷二评曰："'风正一帆悬'，以小景传大景之神。"

4 "海日"二句：写江南近海日出早春来也早的物候。体验深切的是佳句。《唐诗纪事》载："（王湾）游吴中《江南意》云：'海日生残夜，江春入旧年。'诗人以来，无闻此句。张公（说）居相府，手题于政事堂，每示能文，令为楷式。"

5 "乡书"二句：希望鸿雁能传达家信到家乡洛阳。暗用鸿雁传书的典故。见《汉书·苏建传》附苏武传。

| 延伸阅读 |

北固山看大江

[清] 孔尚任

孤城铁瓮四山围，绝顶高秋坐落晖。

眼见长江趋大海，青天却似向西飞。

黄鹤楼 [1]

[唐]

崔　颢

昔人已乘黄鹤去，此地空余黄鹤楼 [2]。

黄鹤一去不复返，白云千载空悠悠。

晴川历历汉阳树，芳草萋萋鹦鹉洲 [3]。

日暮乡关何处是，烟波江上使人愁 [4]。

———

注释

1　黄鹤楼：唐鄂州江夏县东九里有黄鹤山，山有黄鹤楼。据《太平寰宇记》称，昔费文祎登仙，每乘黄鹤于此楼憩驾，故名黄鹤楼。传说楼始建于孙吴，后屡经废兴，明清两代旋毁旋修，光绪间毁而复修，又废。故址在今湖北省武汉市武昌区蛇山长江大桥桥头。近年又于蛇山之上重建黄鹤楼，千古胜迹，得以继存。崔颢，汴州（今河南省开封市）人，一生多在长安洛阳，亦曾南下至长江中下游。本篇即游江夏黄鹤楼时所作，是"千古擅名"的览胜之作。沈德潜《唐诗别裁》评云："意得象先，神行语外，纵笔写去，遂擅千古之奇。"传说李白也为之折服。元辛文房《唐才子传》云："崔颢游武昌，登黄鹤楼，感慨赋诗。及李白来，曰：'眼前有景道不得，崔颢题诗在上头。'无作而去，为哲匠敛手云。"既是传说，自然未必属实，但诗之为人称道，却是事实。

2 "昔人"二句：言仙去楼空。"昔人"，指骑鹤而去的仙人。即指费文祎（一说仙人子安）。这两句承宫体诗句法遗绪，自然流畅，不避重复用字用词，也不严格遵循律诗的平仄规律。

3 "黄鹤"二句写时间之悠久，"晴川"二句写空间之实在。"汉阳"，在武昌西北，为武汉三镇之一。与黄鹤楼隔江相望。"芳草萋萋"，春草茂盛。典出《楚辞·招隐士》："王孙游兮不归，春草生兮萋萋。"语含思归之意。"鹦鹉洲"，《元和郡县图志》载："在江夏县西南二里。"唐时洲在江中，正对黄鹤矶。后为江水冲没，今洲已与汉阳陆地相接。相传黄祖杀祢衡于此，祢有《鹦鹉赋》，故用以名洲。

4 "日暮"二句：描写暮江烟霭所勾起的一段乡愁。"乡关"，家乡。"烟波"，烟霭弥漫的江波。

太湖秋夕 [1]

[唐]

王昌龄

水宿烟雨寒 [2]，洞庭霜落微 [3]。

月明移舟去，夜静魂梦归 [4]。

暗觉海风度，萧萧闻雁飞 [5]。

注释

1　太湖：唐时在苏州吴县(今苏州吴中区)西南五十里。《禹贡》谓之震泽，《周礼》谓之具区。跨今江苏、浙江二省。又有笠泽、五湖等名。面积三万余顷，周六百多里。王昌龄开元末迁江宁丞。曾东游广陵（今扬州）、润州（今镇江）和吴县。本篇为在吴县游太湖时所作，诗意凄清，似是左迁时情态。

2　"水宿"句：写入吴水宿，秋雨微寒。其《芙蓉楼送辛渐》诗云："寒雨连江夜入吴，平明送客楚山孤。洛阳亲友如相问，一片冰心在玉壶。"在润州芙蓉楼写的这首诗也是记入吴寒雨的旅况，与雨夜水宿太湖当是作于同期，均带贬谪意。

3　洞庭：即洞庭山。《元和郡县图志》载：太湖"湖中有山，名洞庭山"。湖中小山很多，以东西二洞庭最著名，山上多果林，盛产柑橘。

4 "月明"二句：写移舟夜行，睡于船中而梦归故乡。很富于水宿的体验。

5 "暗觉"二句：写海风吹觉，醒而闻雁，依然寓思乡之意。太湖近东海，故有海风入船，搅醒客梦。雁为候鸟，秋寒南飞，古人多以雁飞表现思乡之意。

|延伸阅读|

过太湖

［明］汪 衢

玻璃万顷水云铺，大半人家住近湖。

捕得细鳞才出网，儿童穿柳赌呼卢。

登鹳雀楼¹

[唐]

王之涣

白日依山尽，黄河入海流²。

欲穷千里目，更上一层楼³。

注释

1　鹳雀楼：楼之故址在今山西省永济市黄河之滨。传说曾有鹳雀栖于楼上，因取名鹳雀楼。宋沈括《梦溪笔谈》卷十五云："河中府鹳雀楼三层，前瞻中条，下瞰大河。唐人留诗者甚多，唯李益、王之涣、畅当三篇能状其景。"李益《同崔邠登鹳雀楼》云："鹳雀楼西百尺樯，汀洲云树共茫茫。汉家箫鼓空流水，魏国山河半夕阳。事去千年犹恨速，愁来一日即知长。风烟并起思归望，远目非春亦自伤。"本篇一作朱斌诗，但一般都认为是王之涣（一作"奂"）之作。王之涣，蓟门人，一说晋阳（今山西省太原市）人，天宝年间曾与王昌龄、崔国辅唱和，诗名振于一时。今存其诗六首，以本篇及《凉州词》（"黄河远上白云间"）二首最著名。

2　"白日"二句：写傍晚登楼所见山河景色，气象阔大。

3 　"欲穷"二句：言欲穷眼界，当更上一层。写登楼实感，却富有哲理。后人多赋予各种哲理意义。《淮南子·说山训》云："登高使人欲望，临深使人欲窥，处使然也。"诗句出于此意。宋潘大临登汉阳江楼诗云："两展上层楼，一目略千里。"（见《王直方诗话》）意境相似。

| 延伸阅读 |

登鹳雀楼

〔唐〕畅　当

迴临飞鸟上，高出世尘间。

天势围平野，河流入断山。

题破山寺后禅院 ¹

[唐]

常 建

清晨入古寺 ²，初日照高林。

竹径通幽处，禅房花木深 ³。

山光悦鸟性，潭影空人心 ⁴。

万籁此都寂，但余钟磬音 ⁵。

———
注释
———

1　破山寺：又名兴福寺。在今江苏省常熟市虞山北麓。南齐
彬州刺史倪德光舍宅为寺。寺内竹林掩映，境颇幽胜。常建
开元十五年（727）与王昌龄同榜进士，大历时任盱眙尉。一
生仕途失意，常游览名山胜迹，有遁世之志。这首诗是游吴
时所作，诗中表现了佛家清静虚空的情趣。

2　古寺：指破山寺。

3　"竹径"二句：为历来传诵名句。"竹径"句一作"曲径
通幽处"，又作"一径遇幽处"。欧阳修曾说："吾尝爱建'竹
径通幽处，禅房花木深'，欲效其语作一联，久不可得，始

知造意者为难工也。"（见宋计有光《唐诗纪事》"常建"条）

宋吴可《藏海诗话》云："苏州常熟县破头山有唐常建诗刻，乃是'一径遇幽处'。盖唐人作拗句，上句既拗，下句亦拗，所以对'禅房花木深'。'遇'与'花'皆拗故也。其诗近刻，时人常见之。"

4 "山光"二句：写即目所见的景色，而静寂虚空的禅心佛理却蕴含其中。《洪驹父诗话》云："丹阳殷璠撰《河岳英灵集》，首列常建诗，爱其'山光悦鸟性，潭影空人心'之句，以为警策。"

5 "万籁"二句：又作"万籁此俱寂，但闻钟磬音"。末二句写佛寺清幽境界十分传神。"万籁"，指自然界的各种声响。"籁"（lài），孔穴里发出的声音。"钟磬"，寺院里事佛，始用钟，止用磬。一金一石，以金石之声来反衬寂静的境界。即所谓"动中有静"。

| 延伸阅读 |

宿王昌龄隐居

［唐］常　建

清溪深不测，隐处唯孤云。

松际露微月，清光犹为君。

茅亭宿花影，药院滋苔纹。

余亦谢时去，西山鸾鹤群。

寻天台山 [1]

孟浩然

吾友太乙子，餐霞卧赤城 [2]。

欲寻华顶去 [3]，不惮恶溪名 [4]。

歇马凭云宿，扬帆截海行 [5]。

高高翠微里 [6]，遥见石梁横 [7]。

———
注释
———

1 天台山：在今浙江省天台县北。古人云：山有八重，四面如一。当斗牛之分，上应台宿，故曰天台。（陶宏景《真浩》）山为仙霞岭之东脉，形势高大，西南接括苍山、雁荡山；西北接四明山、金华山，蜿蜒直接海滨。晋孙绰曾作《天台山赋》。孟浩然开元十六年（728）赴京应举，失意而归。开元十八年（730）夏秋之际，他又离乡赴洛阳，自洛之越，游览吴越山水。中秋到杭州，在樟亭观钱塘潮，之后乘船溯浙江入天台山，宿司马承祯所建的桐柏观。这首诗即写初入天台的旅况。

2 "吾友"二句：言友人太乙子居赤城山。"太乙子"，其人未详。据诗意推测，当是赤城山的道士。"赤城"，赤城山。在今浙江省天台县。为火烧岩所形成，色如红霞，形如雉堞，故称"赤城"。

3　华顶：天台山最高峰。最高处有拜经台，传为国清寺智者禅师拜经处。立于峰巅，可观东海日出。

4　恶溪：源出浙江缙云山，西南流经丽水，东注瓯江。又名好溪。《新唐书·地理志》载，丽水"东十里有恶溪，多水怪，宣宗时刺史段成式有善政，水怪潜去，民谓之好溪"。

5　"歇马"二句：写骑马山行，扬帆海行，向天台进发。所行路线似是溯浙江，越缙云山，经恶溪，转瓯江，入海北上天台。所以《宿天台桐柏观》诗也说"海行信风帆，夕宿逗云岛"。

6　翠微：山色。这里指天台山。

7　石梁：又称石桥。在天台山中方广寺。

| 延伸阅读 |

宿建德江

［唐］孟浩然

移舟泊烟渚，日暮客愁新。

野旷天低树，江清月近人。

汉江临泛 ¹

［唐］

王 维

楚塞三湘接²，荆门九派通³。

江流天地外，山色有无中⁴。

郡邑浮前浦，波澜动远空⁵。

襄阳好风日，留醉与山翁⁶。

———

注释

———

1 汉江：即汉水。初名漾水。发源于陕西省宁强县嶓冢山。即《尚书·禹贡》所谓"嶓冢导漾，东流为汉"。南经沔县（今勉县）为沔水，经褒城纳褒水始称汉水。曲折东南流，经湖北襄樊，至汉口入长江。开元末年，王维为殿中侍御史，知南选，至襄阳时写下这首诗，表现出襄阳汉水的壮丽风光。诗题一作《汉江临眺》。

2 楚塞：楚国的边界。古以荆门山为楚之西塞。三湘：泛指湖南洞庭湖水系。具体地说，则是漓湘、潇湘、蒸湘。

3 荆门：荆门山。在湖北省宜都市县西北长江南岸。九派：

古称长江至浔阳分为九派（九条支流）。

4 "江流"二句：写远望天际江山，江入天，山入云，若隐若现，若有若无，一派迷茫景色。观察细腻，感受深切。真正是诗中有画。

5 "郡邑"二句：写近景：郡邑襄阳城如在前面水边浮起，江中的波澜好像翻动着水底倒映的远空。

6 "襄阳"二句：总结写景诸句，以山简镇襄阳醉饮习家池的典故作结，表现出诗人的豪情逸兴。"襄阳"，唐属山南东道，在汉水南岸。今属湖北省襄阳市。"山翁"，指晋代山简。《晋书·山涛传》附山简传："永嘉三年，出为征南将军、都督荆湘交广四州诸军事、假节，镇襄阳。……优游卒岁，唯酒是耽。诸习氏，荆土豪族，有佳园池，简每出嬉游，多之池上，置酒辄醉，名之曰高阳池。"末句王维以山简自拟。

| 延伸阅读 |

渡汉江

[唐] 宋之问

岭外音书断，经冬复历春。

近乡情更怯，不敢问来人。

游南阳白水登石激作¹

［唐］

李 白

朝涉白水源，暂与人俗疏²。

岛屿佳境色³，江天涵清虚⁴。

目送去海云，心闲游川鱼⁵。

长歌尽落日，乘月归田庐⁶。

———

注释

———

1 南阳白水：唐山南东道邓州南阳县东三里有淯水（见《元
和郡县图志》），据《清一统志》，淯水"俗名白河"。《南
阳府志》称，"东晋讳淯，后世因称近城淯水为白水。"白
水至今依然流经河南省南阳市城东。石激：石头垒成的防洪
堤。《明一统志》载：石激在府城东三里，淯水环流，为一
城之胜，可以御水患而障城郭，其坚完整石犹在。李白于开
元十八年（730）自安陆经襄阳到南阳，准备入长安寻找政治
出路，这就是所谓第一次入长安。在南阳游白水石激时写下
这首纪游诗，在景物的描写中表现出他的胸怀和志趣。

2 "朝涉"二句：写朝游白水。"白水源"，白水源出河南省嵩县攻离山，东南流经南阳，汇于汉水。这里所谓"白水源"，指白水，非指白水源头。

3 岛屿：指白水之中的沙洲。

4 "江天"句：写绿水碧空江天相映的景致。

5 "目送"二句：写仰观浮云俯视游鱼，其境类陶渊明"望云惭高鸟，临水愧游鱼"，而情趣迥异，进退有别。陶于悠闲中思退，太白于悠闲中思进。

6 "长歌"二句：写朝出暮归。太白《忆崔郎中宗之游南阳遗吾孔子琴抚之潜然感旧》诗云："忆与崔宗之，白水弄素月。时过菊潭上，纵酒无休歇。"可知太白不止一次游览白水风光。

| 延伸阅读 |

峨眉山月歌

［唐］李 白

峨眉山月半轮秋，影入平羌江水流。

夜发清溪向三峡，思君不见下渝州。

登金陵凤凰台 [1]

［唐］

李 白

凤凰台上凤凰游，凤去台空江自流 [2]。

吴宫花草埋幽径，晋代衣冠成古丘 [3]。

三山半落青天外 [4]，二水中分白鹭洲 [5]。

总为浮云能蔽日，长安不见使人愁 [6]。

———
注释
———

1 金陵：今江苏省南京市。凤凰台：相传南朝宋元嘉十六年
（439），有三鸟翔集于金陵西南隅山间，文彩五色，状如孔
雀，音声谐和，众鸟群附，时人谓之凤凰。因名其里曰凤凰
里，名其山曰凤凰山；又起台于山，名之曰凤凰台。（见《江
南通志》）台址在今南京市西南花露岗凤游路南京市四十三
中学校园内。李白天宝初待诏翰林，受到谗毁，被赐金放还。
离开长安后与杜甫会于洛阳，又偕杜甫、高适作梁宋之游，
于齐州（今山东省济南市）入道籍。大约于天宝六载（747）
自齐鲁南游吴越，天宝九年之前再游金陵，曾登金陵凤凰台，

拟崔颢《黄鹤楼》诗，写下这首别具一格的七言律诗。吊古伤今，为历来传诵名篇。评者以为此诗可与崔颢《黄鹤楼》匹敌，未分甲乙。

2 "凤凰"二句：写凤去台空，为下文起兴。两句用词不避犯复，一反律诗禁忌，有意拟崔颢《黄鹤楼》"昔人已乘黄鹤去，此地空余黄鹤楼"句法；而崔诗之前已有沈佺期《龙池篇》"龙池跃龙龙已飞，龙德先天天不违。池开天汉分黄道，龙向天门入紫微"，开歌行句法声律入律体之先例。

3 "吴宫"二句：言盛极必衰，终于轮替。太白《江上吟》云："屈平辞赋悬日月，楚王台榭空山丘。"与这两句同是抒发政治失意的牢骚。"吴宫"，三国时孙吴定都于建业（金陵），其后南朝各代亦定都于此。这里以吴宫代指定都金陵的各个朝代。"晋代衣冠"，指晋朝王谢诸家王公贵族。亦代指都于金陵各朝的众权贵官僚。二句以各朝人物俱丧之状，警戒今世。

4 三山：山在今南京市西南板桥以远长江之滨。《舆地志》载：其山积石森郁，滨于大江，三峰排列，南北相连，故号三山。陆游《入蜀记》："三山，自石头及凤凰台望之，杳杳有无中耳；及过其下，则距金陵才五十余里。"诗云"半落青天外"，是远观如入云中，非极言其高。

5 "二水"句：一作"一水中分白鹭洲"。"水"，指长江水。"白鹭洲"，古时白鹭洲为金陵西南长江中一沙洲。后因江道迁移，已成陆地。其地在今南京市西南江东门外。南京市内有白鹭洲公园，非原江中白鹭洲遗址。

6 "总为"二句：有忧国之意。"浮云蔽日"，喻权奸当道，蒙蔽明君。陆贾《新语·慎微》："邪臣之蔽贤，犹浮云之障日月也。"诗取此意。"长安不见",方回《瀛奎律髓》评曰:"金陵可以北望中原,唐都长安,故太白以浮云遮蔽,不见长安为愁焉。"又云:"咏今日之景而慨帝都之不可见也。登台而望,所感深矣。"

|延伸阅读|

江上吟

[唐]李　白

木兰之枻沙棠舟,玉箫金管坐两头。

美酒樽中置千斛,载妓随波任去留。

仙人有待乘黄鹤,海客无心随白鸥。

屈平辞赋悬日月,楚王台榭空山丘。

兴酣落笔摇五岳,诗成笑傲凌沧洲。

功名富贵若长在,汉水亦应西北流。

秋登宣城谢朓北楼 [1]

[唐]

李 白

江城如画里，山晓望晴空 [2]。

两水夹明镜 [3]，双桥落彩虹 [4]。

人烟寒橘柚，秋色老梧桐 [5]。

谁念北楼上，临风怀谢公 [6]。

注释

1　宣城：唐宣州宣城县。今安徽省宣城。谢朓北楼：南齐明帝建武二年（495）谢朓为宣城太守，在宣城建北楼。楼亦名叠嶂楼，又名高斋，又称谢公楼。其址在今宣城陵阳山上。解放后于楼址建烈士纪念塔。李白于天宝十二载（753）自梁园南下，渡长江，到宣城，寄寓敬亭山下。在宣城时不止一次登上谢朓北楼。曾写过《宣州谢朓楼饯别校书叔云》，又写下这首登楼诗。这诗描绘了宣城的优美景色，同时抒发了失意漂泊的感慨。

2　"江城"二句：写江城晴望。江城，指宣城。长江水系水边之城，可称"江城"。故太白诗中亦称江夏（今湖北省武汉市区）为"江城"，如《与史郎中钦听黄鹤楼上吹笛》诗云："黄鹤楼中吹玉笛，江城五月落梅花。"

3　两水：指宛溪和句溪。宛溪、句溪两水绕宣城合流。其水清澈如明镜，夹城而流，故云"夹明镜"。

4　双桥：宛溪环城东而流，跨溪有南北两桥。其南曰凤凰桥，其北曰济川桥。《江南通志》载：宛溪在宁国府城东，跨溪上下有两桥，上桥曰凤凰，直城东南泰和门外，下桥曰济川，直城东阳德门外，并隋开皇中建。落彩虹：言宛溪双桥拱起，如两条彩虹落于水面。一说指桥在水中的倒影。

5　"人烟"二句：写宣城秋天的景物，以及对秋景的感受。"寒"字、"老"字皆作动词用，既是写秋来景物（橘柚、梧桐）的变化，又是写诗人对于秋景的感受。物我交融，耐人寻味。

6　谢公：指谢朓。末联以怀谢作结。谢出为宣城守，而自己连谢朓都不如，怀谢之中自有感慨在焉。太白之推崇谢朓，使其名益著。正如方回《瀛奎律髓》所评："谢朓为宣城贤太守，人呼为谢宣城，得太白表章之，其名逾千古不朽焉。"

长沙过贾谊宅 [1]

[唐]

刘长卿

三年谪宦此栖迟 [2]，万古惟留楚客悲 [3]。

秋草独寻人去后，寒林空见日斜时 [4]。

汉文有道恩犹薄 [5]，湘水无情吊岂知 [6]。

寂寂江山摇落处，怜君何事到天涯 [7]。

———

注释

———

1　长沙贾谊宅：《元和郡县图志》：江南道潭州长沙县，"贾谊宅在县南四十步"。故址在今湖南省长沙市太平街。故宅后改为贾公祠。已废；有井，名贾太傅井，尚存。刘长卿至德中（757）历监察御史，以检校祠部员外郎出为转运使判官，性刚多忤，以罪入苏州狱；后来又贬为潘州南巴（在今广东省茂名市东百里）尉。本篇为赴潘州途经潭州长沙时所作，借凭吊贾谊来抒发自己无辜被贬之不平之情。

2　三年谪宦：言贾谊贬官长沙三年。据史载，贾谊二十余岁时，颇受汉文帝重用，后为同僚所害，被贬为长沙王太傅。

为太傅三年，见鸮入舍，止于坐隅，于是作《鹏鸟赋》，又岁余才征见于宣室。实际居长沙四年有余，"三年"是举其约数。"栖迟"，居住。

3　楚客：指贾谊。亦暗中自指。

4　"秋草"二句：写贾谊故宅的荒凉景象。诗写实景，而暗用贾谊《鹏鸟赋》词语。赋云："单阏之岁兮，四月孟夏，庚子日斜（一作"施"）兮，服（即"鹏"）集予舍，止于坐隅，貌甚闲暇。异物来萃兮，私怪其故，发书占之兮，谶言其度。曰：'野鸟入室兮，主人将去'。""人去后""日斜时"借用赋语字面。

5　"汉文"句：意思说，汉文帝可称得上有道的明君，其君恩尚且如此之薄。言外之意是倘遇别的昏君，其境遇更是不堪设想了。

6　"湘水"句：写贾谊吊屈原事。《史记·屈原贾生列传》云："贾生既辞往行，闻长沙卑湿，自以寿不得长，又以适（谪）去，意不自得。及渡湘水，为赋以吊屈原。"屈原自沉于汨罗，贾谊借湘水凭吊，即赋所云："侧闻屈原兮，自沉汨罗；造托湘流兮，敬吊先生。"

7　"寂寂"二句：在寂寞衰飒的故宅，对贾谊的被贬表示同情，也为自己的被贬表示自伤。"摇落"，宋玉《九辩》云："悲哉秋之为气也，萧瑟兮草木摇落而变衰。"借宋玉语写秋之萧瑟并用以吊屈，别出心裁。"君"，指屈原。也用以自指。"天涯"，遥远的地方。古以长沙七郡为边远之地。末句故意设问，曲折婉转，古今之情融为一体，问屈亦自问，伤屈亦自伤，饶有余味。

剑 门 [1]

[唐]

杜 甫

惟天有设险，剑门天下壮 [2]。

连山抱西南，石角皆北向 [3]。

两崖崇墉倚，刻画城郭状 [4]。

一夫怒临关，百万未可傍 [5]。

珠玉走中原，岷峨气悽怆 [6]。

三皇五帝前，鸡犬各相放 [7]。

后王尚柔远 [8]，职贡道已丧 [9]。

至今英雄人，高视见霸王 [10]。

并吞与割据，极力不相让 [11]。

吾将罪真宰 [12]，意欲铲叠嶂 [13]。

恐此复偶然，临风默惆怅 [14]。

1
1
2

1　剑门：唐属剑州。又名大剑山，古称梁山、高梁山。山脉
东西横亘百馀公里，七十二峰绵延起伏，形如利剑，高耸入
云。峭壁中断处，两壁相对如门，故称"剑门"。诸葛亮相蜀，
凿石驾空为飞梁阁道，以通行路，故又称"剑阁"。今称剑门关。
关在今四川省剑阁县北二十五公里处，是川陕公路所经的要
隘。杜甫于唐肃宗上元元年（760）入蜀赴成都，途经剑门，
知剑门之险；剑门诗之作当是入蜀后两年之内，因为上元二
年（761）四月梓州刺史段子璋反，陷绵州，自称梁王；代宗
宝应元年（762）六七月间，剑南兵马使徐知道反，以兵扼剑阁，
严武不得出，杜甫有感于军阀据险反叛，拥兵自重，所以取
"剑门"为题，以讽时事。在纪游诗中，借名胜以议论时局，
关怀政治，可谓别具一格。

2　"惟天"二句：写剑门之壮且险。古来有"剑门天下险"
之说。晋张载《剑阁铭》云："惟蜀之门，作固作镇，是曰
剑阁，壁立千仞，穷地之险，极路之峻。"铭文极言剑阁之险，
其文勒于千人岩南崖。《元和郡县图志》载："千人岩之南
崖，绝壁高数千丈，即剑山之危峰，见数百里外，旁视众岭，
犹平地也。岩下高百许丈，有石壁，红色，方如座席，即张
孟阳勒铭之处也。"

3　"连山"二句：言大剑山、小剑山，山连山，环抱西南之
地，而危崖石角皆有北向之势。《水经注》载：小剑戍西去
大剑山三十里，连山绝险。杨伦《杜诗镜铨》录邵子湘评云：
"宋祁知成都至此，咏杜诗首四句，叹伏，以为实录。"所

写山石之势固是实录，但寓意却极深。其意谓大唐版图是紧连着西南巴蜀的，而巴蜀之人自应北向归顺朝廷。为下文斥"并吞与割据"者设伏笔。

4　"两崖"句：写剑门两侧悬崖的形状：两边的绝崖像高高的城墙；崖上刻画城郭雉堞。"墉"（yōng），城墙，高墙。

5　"一夫"二句：极言剑门以其险要，所以易守而难攻。如同太白《蜀道难》所云："一夫当关，万夫莫开。"语皆本张载《剑阁铭》："一人荷戟，万夫趑趄。"

6　"珠玉"二句：其意如仇兆鳌注本所云："恐蜀人因于诛求。"如果财物皆输送到朝廷，伤蜀人之气，使易生乱。"中原"，指朝廷。"岷峨"，岷山和峨眉山，此指蜀中之民。仇注云："往见旧人手卷，此句（'珠玉'句）之上，有'川岳储精英，天府兴宝藏'二句。"浦起龙《读杜心解》云："杜诗多四句转意，此段独阙两句。且得此一提，文气愈畅。仇氏非伪撰也。脱简无疑。"

7　"三皇"二句：言远古至治之世，鸡犬相闻。"三皇"，指伏羲、神农、燧人。"五帝"，指黄帝、颛顼、帝喾、帝尧、帝舜。"鸡犬相放"，《老子》："至治之极，邻国相望，鸡狗之声相闻，民各甘其食，美其服，安其俗，乐其业，至老死不相往来。"

8　"后王"句：言自五帝之后，王者以安抚远方为务。语出《诗经·大雅·民劳》："柔远能迩，以定我王。"

9　"职贡"句：言使地方贡物，便失远古治世之道了。"职贡"，职方的贡物。

10　霸王（wàng）：霸道与王道。霸道指国君凭借武力、刑罚、权势等进行统治；王道指以仁义治天下。

11 "并吞"二句: 指行霸道者的做法。既指汉公孙述据蜀称帝，兼指当时段子璋、徐知道等人据蜀反叛。

12 真宰: 指天。天是万物的主宰，故称真宰。杜甫《遣兴》之一: "吞声勿复道，真宰意茫茫。"此"真宰"亦指天。

13 "意欲"句: 叠嶂如剑门为蜀中险隘，霸者常凭险割据，所以想到铲除这些险阻。

14 "恐此"二句: 意思说恐怕这类叛变割据的事还会发生，于是惆怅地在风中站立着，发出深深的感慨。

|延伸阅读|

幸蜀西至剑门

[唐] 李隆基

剑阁横云峻，銮舆出狩回。

翠屏千仞合，丹嶂五丁开。

灌木萦旗转，仙云拂马来。

乘时方在德，嗟尔勒铭才。

登嘉州凌云寺作 [1]

[唐]

岑 参

寺出飞鸟外，青峰戴朱楼 [2]。

搏壁跻半空 [3]，喜得登上头。

始知宇宙阔，下看三江流 [4]。

天晴见峨眉，如向波上浮 [5]。

迥旷烟景豁，阴森棕楠稠 [6]。

愿割区中缘，永从尘外游 [7]。

回风吹虎穴，片雨当龙湫 [8]。

僧房云濛濛，夏月寒飕飕 [9]。

回合俯近郭，寥落见远舟 [10]。

胜概无端倪 [11]，天宫可淹留 [12]。

一官讵足道，欲去令人愁 [13]。

1　嘉州：州治在今四川乐山。凌云寺：在乐山凌云山（又名九顶山）上，开元初建。开元中有僧海通凿山为弥勒大佛，并建七层阁覆盖。今七层阁已废，大佛尚存。岑参于永泰元年（765）由太子中允出为嘉州刺史，因蜀乱未到任；大历二年（767）再赴嘉州。二年后罢官，客居成都。本篇末联云"一官讵足道，欲去令人愁"，可知为将离任时游凌云寺所作。此时当已知罢官，故诗中流露出消极情绪。

2　"寺出"二句：言寺高踞于凌云山之巅。"飞鸟外"，意谓高出飞鸟之外。"朱楼"，指凌云寺中红色的楼阁。

3　搏壁：拊壁，攀缘石壁。"搏壁"句，言攀附石壁登高。

4　三江：凌云山下为岷江、青衣江、大渡河三江汇合处，立于凌云寺可以俯视三江碧流。

5　"天晴"二句：言晴天于凌云寺可以远望峨眉山，山在烟岚云霭之上，恍惚浮于烟波之上。"峨眉"，峨眉山。在四川省峨眉县西南，雄踞四川盆地西南缘，主峰万佛顶海拔三千零九十六米。山有普贤寺（供普贤菩萨），与浙江普陀山（供观音菩萨）、安徽九华山（供地藏菩萨）、山西五台山（供文殊菩萨）并称佛教四大名山。

6　"迥旷"二句：言远望则见豁然辽阔的烟景，近观则见稠密阴森的樱楠。棕，即棕榈树。楠，楠木。常绿大乔木。

7　"愿割"二句：言欲了却世情，作方外之游。因游佛寺，又恰遇罢官，所以生超脱尘世遁入空门的念头。"区中缘"，世俗之情。"尘外"，尘世之外，指佛门清净之地。

8 "回风"二句：写凌云山景物：山风吹洞穴，如同地籁之
有声；瀑布飞长空，恰似天公之行雨。"虎穴"，非真虎穴，
古称"风从虎"，故风吹洞穴，喻之为"虎穴"。"片雨"，
非真降雨，以龙湫（瀑布）溅沫如雨，故疑为"片雨"。

9 "僧房"二句：写山寺夏月而有秋凉之感。如李白《答杜
秀才五松山见赠》诗云"五松名山当夏寒"。因为凌云山上
有阴森的树木，有呼啸的山风，有蒙蒙的云雾，所以夏日有
秋凉之感。

10 "回合"二句：俯瞰城郭近处，可见三江回合而流；远
望江中帆影，只见数船稀疏而逝。"寥落"，稀少。

11 无端倪：无头绪，无边际，无穷极。"胜概"句，意谓
美丽的景色是无穷极的。

12 "天宫"句：言寺院是可以久留的。"天宫"，佛家语，
谓净土，这里指寺院。《圆觉经》云："地狱天宫皆为净土，
有性无性齐成佛道。"

13 "一官"二句：谓当个官是不足道的，不过要离开这好
地方，还是令人发愁。其实这结尾两句还是流露了对被罢掉
嘉州刺史的不满情绪。

谒许由庙 [1]

[唐]

钱　起

故向箕山访许由 [2]，林泉物外自清幽 [3]。

松上挂瓢枝几变 [4]，石间洗耳水空流 [5]。

绿苔唯见遮三径，青史空传谢九州 [6]。

缅想古人增叹惜，飒然云树满岩秋 [7]。

注释

1　许由庙：许由是上古时代的一位隐逸高士，隐于箕山（在今河南省登封市）。相传尧让天下，不受，避于箕山，农耕而食；尧又召为九州长，他不愿闻此，至颍水之滨洗耳。后世为纪念这位高尚之士，在箕山立许由庙。历代相传，至今遗迹犹存。钱起，天宝九年（750）进士，肃宗乾元年间任蓝田尉，代宗大历中任司勋员外郎，官至考功员外郎。其后行迹无考，何时谒箕山许由庙未详。

2　故：仍旧，还，依然。

3　林泉：山林泉石。指幽静宜于栖隐之所。物外：指尘世之外。

4　"松上"句：意指隐居清高。《太平御览》七六二引《琴操》云："许由无杯器，常以手捧水。人以一瓢遗之。由操饮毕，以瓢挂树。风吹树，瓢动，历历有声。由以为烦扰，遂取捐之。"

5　洗耳：见本篇注1。箕山山上今犹有洗耳泉遗迹。

6　"绿苔"二句：言谒许由庙，眼前所见是苔藓掩没小路的荒凉景象，而在历史上却徒然流传着他（许由）不愿接受九州长的故事。"谢"，逊谢，谦让。

7　"缅想"二句：怀古兴叹，有飒然之意，犹如箕山秋天的云树那样衰飒。

| 延伸阅读 |

归　雁

［唐］钱　起

潇湘何事等闲回，水碧沙明两岸苔。

二十五弦弹夜月，不胜清怨却飞来。

小孤山 [1]

[唐]

顾　况

古庙枫林江水边 [2]，寒鸦接饭雁横天 [3]。

大孤山远小孤出 [4]，月照洞庭归客船 [5]。

———

注释

———

1　小孤山：又名髻山，俗称小姑山。在今安徽省宿松县东南六十公里，屹立于长江中。一峰独立故名孤山；鄱阳湖有大孤山，因别之以小孤山。南岸与澎浪矶（俗称彭郎矶）相对。古时海潮至此受阻，故其下有摩崖大书"海门第一关"。顾况，苏州（一作海盐）人，约生于唐玄宗开元中，卒于宪宗元和九年，享年九十岁。这首诗是他游江南时由长江乘舟东下经小孤山时所作，记江行实景和实感。

2　"古庙"句：写小孤山在江中，其江边有古庙枫林。宋玉《招魂》："湛湛江水兮上有枫，目极千里兮伤春心。"自宋玉江枫句出，凡写江边枫林除特指吊屈原外，都成了烘托凄清环境的一种意象。

3　寒鸦接饭：雏鸦受哺，张口接饭。宋苏轼诗："饭来张口

2
1

似神鸦。"以寒鸦接饭喻人之不劳而获。雁横天：鸿雁高飞，一字排开，如横天际。"寒鸦"句接"古庙"句，写近景，一般古庙多聚飞鸦；又由近景而望远景，故见天边横雁。

4 "大孤山"句：言离大孤山愈来愈远，小孤山愈来愈近，愈近愈突出。由这句可推知诗人行船自西而东。"大孤山"，在江西省九江市东南鄱阳湖中，一峰独峙。《水经注·庐江水》："又有孤石介立大湖中，周回一里，竦立百丈，矗然高峻，特为瑰异。上生林木，而飞禽罕集。言其上有玉膏可采，所未详也。"其形似鞋，故俗名鞋山。

5 "月照"句：见逆水而行的舟船，疑其趁月夜回归洞庭。诗人乘下水船，故注目于上水船。虽是写实，其境界显得虚旷，有容量。全诗四句都落到实处，却构成一幅壮阔悠远的"长江月夜行舟图"。

| 延伸阅读 |

登楼望水

[唐] 顾 况

鸟啼花发柳含烟，掷却风光忆少年。
更上高楼望江水，故乡何处一归船。

滁州西涧 ¹

[唐]

韦应物

独怜幽草涧边生²，上有黄鹂深树鸣³。

春潮带雨晚来急⁴，野渡无人舟自横⁵。

———

注释

———

1　滁州：在唐属淮南道，治所在今安徽省滁州市。西涧：俗名上马河，在滁州市城西。韦应物于德宗建中二年（781）任比部员外郎，建中四年出为滁州刺史。本篇系在滁州刺史任上所作。诗写西涧春雨景色，颇饶林泉之趣。

2　怜：爱惜。

3　黄鹂：黄莺。

4　春潮：春日多雨，西涧水涨，故称春潮。

5　野渡：指西涧野外渡口。宋寇准《春日登楼怀旧》诗"野水无人渡，孤舟尽日横"，自"野渡"句化出。

枫桥夜泊 [1]

[唐]

张 继

月落乌啼霜满天 [2]，江枫渔火对愁眠 [3]。

姑苏城外寒山寺 [4]，夜半钟声到客船 [5]。

注释

1　诗题一作《夜泊枫江》。枫桥：原名"封桥"，以张继诗有"江枫渔火"，故改为枫桥。在今江苏省苏州市西十里，其附近即寒山寺。张继生平，今所知者，其出任外官一在武昌，一在洪州；何时游江南夜泊枫江，失考。枫桥诗写秋夜旅怀，情景逼真，为古今所传诵。

2　月落乌啼：写夜乌之啼。乌之夜啼，或言吉，或言凶，传闻异词。但旅人闻乌即生思归之情却是古今相通的。如隋虞世基《晚飞乌》诗云："向日晚飞低，飞飞未得栖。当为归林远，恒长侵夜啼。"本篇写霜夜乌啼，亦思乡之意。

3　江枫渔火：写夜泊情景。对愁眠：言在客船中对愁而眠。后人附会出"愁眠山"，并释为坐对愁眠山。

4　寒山寺：在今苏州城（姑苏城）西郊外枫桥镇。始建于南朝梁天监年间，初名"妙利普明塔院"。相传唐代高僧寒山、拾得曾在此住持，遂更名寒山寺。

5　"夜半"句：写夜半于船中闻寒山寺钟声，无端更增添一段旅愁。关于夜半是否有钟声，自欧阳修疑其失实，多有论辩者。宋人陈岩肖《庚溪诗话》云："六一居士（欧阳修）谓'句则佳矣，奈半夜非鸣钟时'。然余昔官姑苏，每三鼓尽四鼓初，即诸寺钟皆鸣，想自唐时已然也。后观于鹄诗云：'定知别后家中伴，遥听缑山半夜钟。'白乐天云：'新秋松影下，半夜钟声后。'温庭筠云：'悠然旅榜频回首，无复松窗半夜钟。'则前人言之，不独张继也。"

|延伸阅读|

枫桥夜泊

［元］孙华孙

画船夜泊寒山寺，不信江枫有客愁。

二八蛾眉双凤吹，满天明月按凉州。

晚次鄂州 ¹

[唐]

卢　纶

云开远见汉阳城，犹是孤帆一日程²。

估客昼眠知浪静，舟人夜语觉潮生³。

三湘衰鬓逢秋色⁴，万里归心对月明⁵。

旧业已随征战尽，更堪江上鼓鼙声⁶。

———
注释
———

1　鄂州：唐属江南道，治所在江夏（今湖北省武汉市武昌区）。卢纶河中蒲（今山西省永济市）人，天宝末年，曾应进士举，未及第。安史乱起，避难移居江西鄱阳。本篇附注"至德中作"，至德（756—758）为唐肃宗李亨年号。此时唐玄宗入蜀，长安沦陷，房琯陈淘败绩，永王江陵起兵，张巡睢阳失守，子仪河阳得胜，大江南北，兵荒马乱。诗人江行至鄂州，为时局深深慨叹。诗当是作于避难鄱阳之时。

2　"云开"二句：写自洞庭湖舟行赴江夏，离鄂州尚有一日路程，因为碧空无云，远远可见汉阳城郭。"汉阳"，属沔州，为州治，与江夏隔江相对。即今湖北省武汉市汉阳区。

3　"估客"二句：写昼夜江行，体验极深。高步瀛《唐宋诗举要》引方东树曰："三四（句）兴在象外，卓然名句。"

4　"三湘"句：言其行程曾经湘水，旅途憔悴，如同秋气之衰飒。"三湘"，指漓湘、蒸湘、潇湘。

5　归心：归乡之心。思归故乡河中蒲县。

6　"旧业"二句：言故乡旧业，在安史之乱的征战中已经荡然无存，而今在这鄂州江中，又听到传来鼙鼓之声，更是使人受不了。"江上鼓鼙"，高步瀛《唐宋诗举要》云："疑指永王璘事。"《通鉴·唐纪（三十五）》："至德元载十二月，永王璘镇江陵，薛镠等为之谋主，以为天下大乱，惟南方完富，宜据金陵，保有江表，如东晋故事；璘擅引兵东巡，沿江而下，江、淮大震。二载二月戊戌，永王璘败死。"

|延伸阅读|

裴给事宅白牡丹

［唐］卢　纶

长安豪贵惜春残，争玩街西紫牡丹。

别有玉盘承露冷，无人起就月中看。

九日登丛台 ¹

［唐］

王 建

平原池阁在谁家 ²，双塔丛台野菊花 ³。

零落故宫无入路 ⁴，西来涧水绕城斜 ⁵。

注释

1　九日：农历九月九日，俗称重阳节。重阳登高是历代相沿的习俗。丛台：在今河北省邯郸市内。相传为战国时赵武灵王（前325—前299）所建，以为阅兵歌舞之用。据《汉书》载，汉高后吕雉元年（前187）丛台毁于火。其后屡经修建。今已辟为丛台公园，是冀南胜景。王建，唐颍川（今河南省许昌市）人，青少年时寓居魏州（治所在今河北省大名县东北），德宗贞元十三年（797），辞家从军，北至幽州。其重阳游丛台诗，当是作于这一时期。诗写丛台之荒废，语带感慨。

2　"平原"句：言平原君赵胜的池亭楼阁，今为谁家所居。类似刘禹锡《乌衣巷》诗所言王谢贵族第宅住进寻常百姓。寓盛衰之慨。"平原"，赵国平原君赵胜，惠文王之弟，曾任赵相，有食客千人。赵孝成王七年（前259），秦军围邯郸，他组织力量坚守三年，求援于魏、楚，终于击退秦军。

3　"双塔"句：言登台赏菊。重阳赏菊，饮菊花酒，为古来风俗。"双塔丛台"，唐代丛台之上当有双塔对峙。今台上有武灵台、据胜亭。

4　故宫：指赵王宫。据考古发掘勘察所知，邯郸故城由赵王城和大北城两部分组成。赵王城为赵宫城遗址，地处太行山余脉。城内有大型土夯台，如龙台、北将台、南将台，当是赵宫建筑群基址。这在唐代已失考，故诗称"无入路"。

5　西来涧水：当指滏水。登台可西望紫山，东观滏阳河。故丛台有对联云："滏水东渐，紫气西来。"

| 延伸阅读 |

九月九日忆山东兄弟

［唐］王　维

独在异乡为异客，每逢佳节倍思亲。

遥知兄弟登高处，遍插茱萸少一人。

岐山下 ¹

［唐］

韩　愈

谁谓我有耳，不闻凤皇鸣²。
揭来岐山下，日暮边鸿惊³。

注释

1　《全唐诗》题注："朱熹考异曰：诸本只作一首。方（崧卿）
云：自'日暮边鸿惊'以上为一篇。世有《灌畦暇语》一书，
谓子齐初应举，韩公赏之，为作'丹穴五色羽'。子齐姓程，
字昔范，尝著《中谟》三卷。见《因话录》。则下诗似当为
别篇。第前诗题以岐山下，此必游凤翔日作。"按：或说至"日
暮边鸿惊"断为一首，疑四语亦不成篇。故特将其二录于后，
以供参考："丹穴五色羽，其名为凤凰。昔周有盛德，此鸟
鸣高冈。和声随祥风，窅窱相飘扬。闻者亦何事，但知时俗康。
自从公旦死，千载闷其光。吾君亦勤理，迟尔来一翔。""岐
山"，又名天柱山。相传周初有凤鸣于此，故亦称凤凰堆。《诗
经·大雅·绵》："古公亶父，来朝走马，率西水浒，至于
岐下。"唐时山属凤翔府岐山县。在今陕西省岐山县城东北。

石鼓文在岐阳（今石鼓犹存陕西省凤翔县），韩愈元和六年（811）作《石鼓歌》，因疑此诗当亦为同时之作。

2　"谁谓"二句：自岐山鸣凤之说化出，反其意而用之。言至岐山而不闻凤鸣，因怀疑自己无耳。"谁谓我有耳"，句法化自《诗经·召南·行露》"谁谓雀无角""谁谓鼠无牙"。

3　碣（qiè）来：犹言盍来、何来。意即为什么来。末两句意思是说，为什么到岐山来，听不到凤鸣，却只听到暮天边鸿的哀鸣，徒然使人增添羁旅的情怀。

|延伸阅读|

春　雪

[唐]韩　愈

新年都未有芳华，二月初惊见草芽。

白雪却嫌春色晚，故穿庭树作飞花。

同乐天登栖灵寺塔[1]

[唐]

刘禹锡

步步相携不觉难，九层云外倚阑干[2]。

忽然笑语半天上，无限游人举眼看[3]。

注释

1　刘禹锡于唐敬宗宝历二年（826）冬罢和州（今安徽省和县），被征还京，乘舟东下，由扬州转运河北上。经扬州时同白居易相遇，曾一同饮酒叙旧，二人均有扬州初逢席上赠酬之作；又一同登上扬州蜀岗栖灵寺塔。白居易作《与梦得同登栖灵塔》诗，诗云："半月悠悠在广陵，何楼何塔不同登。共怜筋力犹堪在，上到栖灵第九层。"本篇即刘禹锡同（酬和）白居易登塔诗。栖灵寺：本名大明寺，南朝宋代大明年间所建，故名"大明"。隋仁寿元年（601）建栖灵塔，改名栖灵寺。其塔通称栖灵寺塔，又称栖灵塔，亦称西灵塔。李白有《秋日登扬州西灵塔》诗。清乾隆南巡，更名"法净寺"，今复名"大明寺"，有鉴真纪念堂。在江苏省扬州市蜀岗中峰上，有牌坊书"栖灵遗址"。

2　"步步"二句：写同登最高层。塔身九层，高出云表。正如李白《秋日登扬州西灵塔》诗云："宝塔凌苍苍，登攀览四荒。顶高元气合，标出海云长。"

3　"忽然"二句：写二人在九层塔上倚栏笑语，逗得塔下游人抬头看的生动场景。作者经"二十三年弃置身"（《酬乐天扬州初逢席上见赠》），半生坎坷，而其旷达态度不变。这生动场景正体现了作者的达观精神。

|延伸阅读|

秋风引

［唐］刘禹锡

何处秋风至？萧萧送雁群。

朝来入庭树，孤客最先闻。

杭州春望 [1]

[唐]

白居易

望海楼明照曙霞 [2]，护江堤白踏晴沙 [3]。

涛声夜入伍员庙 [4]，柳色春藏苏小家 [5]。

红袖织绫夸柿蒂 [6]，青旗沽酒趁梨花 [7]。

谁开湖寺西南路，草绿裙腰一道斜 [8]。

———

注释

———

1　唐穆宗长庆三年（823），白居易由主客郎中知制诰出为杭州刺史，三年后转为苏州刺史。这首诗是在杭州刺史任上写的，描写杭州春日景色，陶然沉醉于山光水色之中。"杭州"，唐代治所在钱塘县，即今浙江省杭州市。

2　望海楼：作者自注："城东楼名望海楼。"古时杭州近海，海潮可达杭州。故杭州郡城东城楼名曰"望海楼"。

3　护江堤：指钱塘江的防洪堤。

4　"涛声"句：言海涛之声晚上响彻伍员庙。"伍员"，字子胥，春秋时楚国人。因父兄被害，逃亡吴国，先后辅佐吴王打败楚国和越国。后来吴王夫差听信谗言，杀死伍员，尸投钱塘江中。传说因他怨恨吴王，死后化为涛神，驱水为涛。所以后人称钱塘江潮为"胥涛"。也可以用"胥涛"泛指汹涌的波涛。人们为了纪念伍子胥受冤而死，为他立庙祭祀，庙称为"伍公庙"。

5 "柳色"句：写西湖春色。"苏小"，即苏小小，南齐时钱塘著名歌伎。联系苏小小写柳色，巧妙含蓄地表现出杭州的春色。白居易好以柳名伎或比喻歌伎。这里则以名伎比柳色。

6 "红袖"句：赞美杭州姑娘在绫上织出漂亮的柿蒂花。"红袖"，这里指纺织女工。"柿蒂"，作者自注："杭州出柿蒂花者，尤佳也。"明姜南《蓉塘诗话》云："白乐天《杭州春望》诗，有'红袖织绫夸柿蒂，青旗沽酒趁梨花'之句，所谓'柿蒂'，指绫之纹也。《梦粱录》载杭土产绫曰柿蒂、狗脚，皆指其纹而言，后人不知，改为'柿业'，妄矣。"

7 "青旗"句：言到酒店买酒可以买到"梨花春"酒。"青旗"，黑色的酒旗，即酒店卖酒的市招子。"梨花"，指"梨花春"酒。作者自注："其俗酿酒，趁梨花时熟，号为'梨花春'。"

8 "谁开"二句：写断桥至孤山一带的景色。作者自注："孤山寺路在湖洲中，草绿时，望如裙腰。""湖寺"，指孤山寺。寺在湖洲孤山之上。"草绿裙腰"，以绿罗裙比喻绿草。古人多以绿草绿裙互为比喻。牛希济《生查子》"记得绿罗裙，处处怜芳草"，便是巧妙互比的典型。

庐山瀑布 ¹

［唐］

徐　凝

虚空落泉千仞直，雷奔入江不暂息。

今古长如白练飞，一条界破青山色 ²。

———

注释

———

1　庐山：又名匡山，或称匡庐。相传周朝有匡氏七兄弟于山上结草为庐，隐居修道，故名。山在江西省九江市南，峙立于鄱阳湖边长江之滨。是古来名胜之地，历代诗人如陶渊明、李白、白居易、苏轼等都同庐山结下不解之缘，写下不少美好诗篇。"庐山瀑布"，庐山瀑布水有多处，诗人也多所吟咏。一般说来，诗人所咏瀑布多在山南。如张九龄《湖口望庐山瀑布泉》："万丈红泉落，迢迢半紫氛。"李白《望庐山瀑布》（其一）："西登香炉峰，南见瀑布水。"今山南可见黄岩瀑布。或说李白诗"日照香炉生紫烟，遥看瀑布挂前川。飞流直下三千尺，疑是银河落九天"，所写瀑布即此。徐凝在元和年间曾得到白居易、元稹的赏识和奖掖，诗名振于一时。这首咏庐山瀑布诗是作者的得意之作，曾见赏于白居易，但却见笑于苏东坡。宋葛立方《韵语阳秋》云："徐凝瀑布诗云：'千古犹疑白练飞，一条界破青山色。'或谓乐天有赛不得之语，独未见李白诗耳。李白《望庐山瀑布》诗云：'飞流直下三千尺，疑是银河落九天。'故东坡云：'帝遣银河一派垂，古来惟有谪仙词。'……"苏东坡嘲徐凝绝句后两句为："飞流溅沫知多少，不为徐凝洗恶诗。"其实徐诗虽嫌粗率，却也自有佳处。正如宋洪迈《容斋随笔》所说："东坡指为恶诗，故不为诗人所称说。予家有凝集，观其余篇，自有佳处，……宜其见知于微之、乐天也。"

2 "一条"句：言瀑布像一条白练划破青山之色。宋吴聿《观林诗话》云："孙兴公《天台山赋》有'赤城霞起而建标，瀑布飞流而界道'之语，为当时所推。……徐凝作《庐山瀑布》诗云：'一条界破青山色。'盖用瀑布界道之语，乃尔鄙恶。"《陈辅之诗话》云："徐凝《瀑布》'一条界破青山色'，诚不如范文正'白虹下涧饮，长剑倚天立'。"此句议者颇多，多病其粗率浅露，而不知此病为当时风气使然。正如刘永济《唐人绝句精华》所评："以徐比李，固是小巫见大巫，然亦风气渐衰所致。盛唐雄浑宏阔气象一变而为韩愈之奇险，再变而成白居易之刻露。奇险之极，则有卢仝之怪僻；刻露之极，则有徐凝之粗率。其间复有浮艳与冗漫之作，而唐诗遂衰矣。"

零陵春望 [1]

[唐]

柳宗元

平野春草绿，晓莺啼远林 [2]。

日晴潇湘渚 [3] 云断岣嵝岑 [4]。

仙驾不可望，世途非所任 [5]。

凝情空景慕，万里苍梧阴 [6]。

注释

1　零陵: 有二义，一为永州零陵县（今湖南省永州市零陵区）；一为舜陵，《史记·五帝本纪》载："（舜）践帝位三十九年，南巡狩，崩于苍梧之野，葬于江南九疑，是为零陵。"舜陵在今湖南省宁远县九嶷山。柳宗元德宗贞元二十一年，即顺宗永贞元年（805），参预王叔文政治革新；同年八月，宪宗即位，废新政，宗元被贬为永州司马。永州治所在永州市零陵区，本篇当作于贬永州零陵时，然而诗之立意却在舜帝所葬之零陵。由永州零陵而联想到舜帝零陵，诗人构思，往往联类而及。其实永州零陵与九嶷舜陵，相去遥远，了不相及。

2　"平野"二句：写草绿莺啼，切题中"春望"。其所见景色在永州零陵。

3　潇湘：潇水与湘水合流称潇湘；二水合流处在零陵境西，交汇处亦称潇湘。"潇湘渚"，指零陵。

4　"云断"句：北望遥天，白云隔断了衡山。"岣嵝（gǒu lǒu）岑"，衡山主峰为岣嵝峰，故衡山亦名岣嵝山。《史记》舜帝纪集解引皇甫谧曰："或曰二妃葬于衡山。"其所谓"云断岣嵝"，似与此说有关。

5　"仙驾"二句：意谓尧舜之治是不可望的，尘世之网是不能放纵的。暗寓被贬抑的牢骚怨艾。"仙驾"，指舜帝。"任"，放纵，不拘束。

6　"凝情"二句：承上联"仙驾不可望"，言徒然怀着仰慕之情，寄托于遥远的苍梧山之阴。"景慕"，景仰，羡慕。"苍梧阴"，据《山海经》载："苍梧之山，帝舜葬于阳，帝丹朱葬于阴。"（见《皇览》所引）然则，为韵脚故易"阳"为"阴"，所怀自不在舜之子丹朱，而仍在舜帝。诗人措辞，不必斤斤于"阴""阳"也。苍梧山即九嶷山。

题李凝幽居 [1]

[唐]

贾 岛

闲居少邻并，草径入荒园 [2]。

鸟宿池边树，僧敲月下门 [3]。

过桥分野色，移石动云根 [4]。

暂去还来此，幽期不负言 [5]。

———

注释

———

1　李凝：唐代有三个李凝：一为户部郎中李凝，一为姑藏房李凝，一为范阳李凝。贾岛为范阳（今属北京市）人，其所题之"李凝幽居"，疑是指范阳李凝之故宅。据《新唐书》宰相世系表载：范阳李氏自云常山愍王之后。李凝官至检校太子宾客兼侍御史。

2　"闲居"二句：写幽居，独处少邻，径废园荒。

3　"鸟宿"二句：是传为美谈的警句。据《韵语阳秋》引《摭言》云："（贾）岛赴名场，于驴上吟'鸟宿池边树，僧敲月下门'。遇权京尹韩吏部，呼喝而不觉，泊拥至马前，则曰：

'欲作"敲"字，又欲作"推"字，神游诗府，致冲大官。'愈曰：'作"敲"字佳矣。'"评曰："是时岛识韩已久矣；使未相识，愈岂肯教其作'敲'字邪！"后人由此造"推敲"一词，说明斟酌字句之细致。

4　云根：古人以为云自山石触出，故称山石为"云根"。

5　不负言：不背所约。

| 延伸阅读 |

寻隐者不遇

[唐]贾　岛

松下问童子，言师采药去。

只在此山中，云深不知处。

题延平剑潭 ¹

[唐]

欧阳詹

想象精灵欲见难²，通津一去水漫漫³。

空余昔日凌霜色，长与澄潭生昼寒⁴。

———

注释

———

1　延平剑潭：在今福建省南平市东建溪（一名延平津，又名剑津）之上。相传从丰城所掘龙泉、太阿双剑，为张华、雷焕所得，二人死后双剑在延平津化为双龙飞去。津、潭均因剑得名。事见《晋书·张华传》。欧阳詹，泉州晋江（今福建省泉州市）人，贞元末与韩愈、崔群、李观等联第，时称"龙虎榜"。本篇当是他进京赴试或归乡省亲路过延平津时所作，咏双剑故事。

2　精灵：指能生宝光之气，能化龙飞去的龙泉和太阿双剑。

3　通津：指延平津。

4　"空余"二句：言往日的一对宝剑其色既白又冷，可凌秋霜；剑化龙飞去了，这凌霜之色和这澄澈清冷的剑潭，至今同样使人白昼也感到寒冷。由潭水的寒光，联想到宝剑的霜色，构思十分巧妙。

题金陵渡 [1]

[唐]

张 祜

金陵津渡小山楼 [2]，一宿行人自可愁。

潮落夜江斜月里 [3]，两三星火是瓜洲 [4]。

———
注释
———

1　金陵渡：唐时润州治所在丹阳（今江苏省镇江市）。唐人多称丹阳为金陵，称北固山为金陵山，称京口渡为金陵渡。此诗所写金陵渡即京口渡。在今镇江市北固山下。渡头已废。张祜中年曾南北奔走三十余年，终未获一官半职；暮年投奔池州杜牧，得到杜牧的赏识。后归居曲阿（今江苏省镇江市）。本篇当是暮年在丹阳（曲阿）时所作，写出京口至瓜洲长江夜景，表现了漂泊一生的淡淡愁情。

2　小山楼：金陵渡之侧即北固山（唐时亦称蒜山），江中又有金山、焦山。这里所谓"小山楼"，疑泛指镇江三山之上的楼阁；也可能单指北固山上的北固楼。

3　潮落夜江：指海潮夜间沿江推至金陵渡、扬子津之间。此间海潮古称广陵（在今江苏省扬州市）潮。

4　瓜洲：在扬子津南江中的一座沙洲，后与陆地相接，成为瓜洲渡。唐时又在瓜洲建镇。《元和郡县图志》："瓜洲镇，在县（江都县）南四十里江滨。昔为瓜洲村，盖扬子江中之沙碛也，状如瓜字，遥接扬子渡口，自开元以来渐为南北襟喉之地。"

|延伸阅读|

正月十五夜灯

［唐］张　祜

千门开锁万灯明，正月中旬动地京。

三百内人连袖舞，一时天上著词声。

九日齐山登高 [1]

[唐]

杜 牧

江涵秋影雁初飞 [2]，与客携壶上翠微 [3]。

尘世难逢开口笑，菊花须插满头归 [4]。

但将酩酊酬佳节 [5]，不用登临叹落晖 [6]。

古往今来只如此，牛山何必泪沾衣 [7]。

注释

---

1 九日：农历九月九日，俗称重阳节。古时有重阳登高饮菊
花酒的习俗。齐山：唐属池州。在今安徽省贵池市东南。或
说唐贞元年间池州刺史齐映有政声，故以齐姓名山。山虽不高，
颇多奇景，有"江南名山之胜"的美誉。"齐山"，一作"齐
安"。齐安县故城在今湖北省黄冈市西北。杜牧于唐武宗会
昌二年（842）由膳部、比部员外郎出任黄州（治所在今湖北
省黄冈市）刺史，三年后移为池州刺史。本篇当是任黄州或
池州刺史时所作，一般认为作于池州。诗中表现了作者旷达
而略带凄凉的精神境界。

2　江涵秋影：秋光倒映于江水之中。雁初飞：初秋（重九）气寒，鸿雁开始南飞。

3　"与客"句：言偕同宾客登高饮菊花酒。"翠微"，指青山。北周庾信《和宇文内史春日游山》诗："游客值春辉，金鞍上翠微。"

4　"尘世"二句：意谓世俗无情，何妨清狂。"难逢开口笑"，言无开心者。"开口笑"，语出《庄子·盗跖》："人上寿百岁，……其中开口而笑者，一月之中，不过四五日而已矣。""菊花插满头"，按重阳节旧俗有佩茱萸饮菊花酒，未闻插菊花之说。此以插菊表现狂放旷达。

5　酩酊酬佳节：暗用晋陶渊明故事。《续晋阳秋》："陶潜尝九月九日无酒，宅边菊丛中摘菊盈把，坐其侧，久望，见白衣人至，乃王弘送酒使也。即便就酌，醉而后归。""酩酊"，烂醉如泥。

6　"不用"句：言一入醉乡，忘怀世情，不必为日暮而兴叹。晋葛洪《抱朴子·广譬》云："西颓之落晖，不能照山东。"这里反其意而咏之。"叹落晖"一作"恨落晖"。

7　"牛山"句：言不必如齐景公作牛山之泣。语似旷达，实则胸中有无限感慨在。《晏子春秋·内篇谏上》："景公游于牛山，北临其国城而流涕曰：'若何滂滂去此而死乎！'艾孔、梁丘据皆从而泣。"此典与重九无关，后人因杜牧重九诗用之而误为重阳故事。正如宋朱弁《风月堂诗话》所指出的："杜牧之《九日齐山登高》诗落句云：'牛山何必泪沾衣。'盖用齐景公游于牛山，临其国流涕事。泛言古今共尽，登临之际不必感叹耳，非九日故实也。后人因此，乃于诗或词遂以牛山作九日事用之，亦犹牧之用颜延年'一麾出守'为旌麾之麾，皆失于不精审之故也。"

秋霁潼关驿亭 ¹

[唐]

许 浑

霁色明高巘²，关河独望遥³。

残云归太华，疏雨过中条⁴。

鸟散绿萝静，蝉鸣红树凋⁵。

何言此时节，去去任蓬飘⁶。

——
注释
——

1 潼关：故址在今陕西省潼关县港口，是我国著名的关隘重地。东汉末设潼关，雄踞秦、晋、豫三地要冲。南依秦岭，有十二连城禁固诸谷之险；北临黄河，兼带渭、洛；东、南山峰连接，谷深涧绝；中通羊肠小道，仅容一车骑。形势险峻，易守难攻。故杜甫《潼关吏》诗云"艰难奋长戟，万古用一夫"。近年因修建三门峡水库，县治迁移至三门峡市，关城城砖几经拆除，仅存残破土垣以及水门遗迹。驿亭：驿站的亭子。古时传递文件书信的驿夫及驿马歇息之所。许浑，润州丹阳（今江苏省丹阳市）人，唐文宗大和六年（832）进士及第，任当涂县令；唐宣宗大中三年（849）为监察御史，因病乞归。可知他前后约两次经潼关。从诗的情调看似是大中年间经潼关时所作。作者另有《秋日赴阙题潼关驿楼》诗，诗云："红叶晚萧萧，长亭酒一瓢。残云归太华，疏雨过中条。树色随山迥，河声入海遥。帝乡明日到，犹自梦渔樵。"题驿楼诗当是大中三年赴长安时所作；题驿亭诗当是翌年离长安经潼关所作。

2 高嶙：高山峻岭。此指秦岭山脉。

3 关：指潼关。河：指黄河。

4 "残云"二句：与题驿楼诗完全相同。许浑自己以为得意之句时有重复入诗者，除此句外，尚有"湘潭云尽暮山出，巴蜀雪消春水来"一联分别用于《凌歊台》和《春日思旧游寄南徐从事刘三复》二诗。非独宋晏殊将"无可奈何花落去，似曾相识燕归来"一联之重复用于词和诗也。太华：即华山。与少华山并称"二华"，皆属秦岭支脉。华山古称西岳，是五岳之一。《水经注》称"远而望之若花状"，故称华山。以"奇拔峻秀"冠天下。中条：即中条山。潼关之北隔河即对山西省平陆县之中条山。

5 "蝉鸣"句：写秋景。与《秋日赴阙题潼关驿楼》诗首句"红叶晚萧萧"意境近似，情调稍别。此句更带衰飒色彩。

6 蓬飘：即飞蓬飘转。言漂泊不定，如断根蓬草。

登安陆西楼¹

［唐］

赵嘏

楼上华筵日日开²，眼前人事只堪哀。

征车自入红尘去³，远水长穿绿树来⁴。

云雨暗更歌舞伴，山川不尽别离杯⁵。

无由并写春风恨，欲下郧城首重回⁶。

注释

1　安陆：本春秋郧国，汉置安陆县，北周改郧州；唐改安州，
复改安陆郡，属淮南道。西楼：安陆县城西城楼。楼西对白
兆山，即李白"酒隐安陆"时所栖之处。赵嘏何时到安陆未详。
他曾任渭南尉，又曾自蓝关过商山南下。或许自商山南下时
游云梦到安陆，写下这首登楼诗。诗中对于人事代谢、生离
死别，感慨系之。

2　华筵：美盛的筵席。作者有《淮南丞相坐赠歌者虞姬姹》
诗云："绮筵无处避梁尘，虞姹清歌日日新。"其所谓"楼
上华筵"，即此类歌舞侑觞的"绮筵"。

3　红尘：飞扬的尘土，形容繁华热闹之所。如班固《西都赋》所谓"红尘四合，烟云相连"。后亦引申泛指人间的纷烦事物。这里指安陆城中车马飞驰的景象。

4　远水：指涢水。《元和郡县图志》载，安陆"其城三重，西枕涢水"。涢水，又名涢川，源出随县（今湖北省随州市）西南大洪山（即郧山），北流合诸水，经应山，到安陆分为东西二支，又合流入汉水。入汉水处谓之"郧口"，亦称"涢口"。

5　"云雨"二句：写山川风雨与人生聚散，触景生情，抒发感慨。

6　郧城：即安陆县城。安陆为古郧子国，后为郧州，故称其城为"郧城"。"下郧城"指下安陆西楼。

| 延伸阅读 |

江楼旧感

[唐]赵嘏

独上江楼思渺然，月光如水水如天。

同来望月人何处？风景依稀似去年。

利州南渡 ¹

［唐］

温庭筠

澹然空水对斜晖²，曲岛苍茫接翠微³。

波上马嘶看棹去，柳边人歇待船归⁴。

数丛沙草群鸥散，万顷江田一鹭飞⁵。

谁解乘舟寻范蠡，五湖烟水独忘机⁶。

注释

1　利州：唐属山南道。治所在今四川省广元市。西临嘉陵江。
"南渡"，指城南之嘉陵江渡口。温庭筠蜀中诗作，除本篇
外尚有《锦城曲》《赠蜀将》诸诗，说明他曾入蜀。然何时
何事入蜀，未详。本篇写利州南渡景色，清新恬淡，富于诗
情画意。

2　澹然空水：写嘉陵江水之清澈，水空相映，有一种透明感。

3　曲岛：指嘉陵江中弯曲的沙洲。翠微：指山。意思是说山
色和岛色青苍相接，连成一片。

4　"波上"二句：写渡头渡船来往情景。有的和马登舟过渡，

有的于柳下待渡。此景如在眉睫之前。

5 "数<u>丛</u>"二句：写渡江所见。江边鸥鹭起飞，这一画面充满闲静淡远之意。

6 "谁解"二句：因乘舟嘉陵江中，生淡静之意，有超逸之致，于是联想到范蠡遁世的故事。"范蠡"，春秋楚国人，助越王勾践复仇灭吴后，辞官归隐，泛舟入五湖。"五湖"，又名震泽，即今江浙间之太湖。"忘机"，心志淡泊，与世无争。

梦江南·千万恨

［唐］温庭筠

千万恨，恨极在天涯。

山月不知心里事，水风空落眼前花，摇曳碧云斜。

桂林路中作 ¹

[唐]

李商隐

地暖无秋色，江晴有暮晖²。

空余蝉嘒嘒，犹向客依依³。

村小犬相护，沙平僧独归⁴。

欲成西北望，又见鹧鸪飞⁵。

注释

1　桂林：秦置桂林郡，唐置桂州，治所在今广西桂林。唐宣宗大中初年，李商隐因牛李党争被排挤，而出任桂林总管郑亚幕府的判官。本篇为赴桂林途中所作。写桂林江村景色，清丽幽绝。

2　"地暖"二句：写南方物候景色。南方气候温暖，树多常绿，不见黄红凋敝之色，故云"无秋色"。

3　"空余"二句：写秋蝉向客鸣叫。蝉鸣之声，能引发客子刻骨幽思。正如隋卢思道《听鸣蝉》诗所说："听鸣蝉，此听悲无极。""嘒嘒"（huì），蝉鸣声。

4 "村小"二句：以村犬和孤僧表现江村的清寂，即所谓"动中有静"。

5 "欲成"二句：写回望长安，思归而不得归。桂林在长安东南，故向西北回望，意欲归京，而见鹧鸪飞鸣。鹧鸪鸣声如"行不得也哥哥"，故古人多以鹧鸪写客愁。

| 延伸阅读 |

夜雨寄北

[唐] 李商隐

君问归期未有期，巴山夜雨涨秋池。

何当共剪西窗烛，却话巴山夜雨时。

筹笔驿¹

［唐］

罗 隐

抛掷南阳为主忧²，北征东讨尽良筹³。

时来天地皆同力，运去英雄不自由⁴。

千里山河轻孺子⁵，两朝冠剑恨谯周⁶。

唯余岩下多情水，犹解年年傍驿流⁷。

注释

1　筹笔驿：今称朝天驿。在四川省广元市之北。相传三国蜀相诸葛亮出师运筹于此，故称筹笔驿。李商隐有咏此驿之诗，感叹诸葛亮有才略而功未成。罗隐此篇也是为诸葛亮的失败而感慨。

2　"抛掷"句：诸葛亮曾隐居南阳隆中（在今湖北省襄阳市），躬耕陇亩。刘备三顾茅庐，请他出佐蜀汉。本句即写诸葛亮离开南阳为先主刘备分忧事。

3　北征东讨：三国魏、蜀、吴三足鼎立，蜀在西，吴在东，魏在北。所谓"北征东讨"，泛指佐蜀汉对魏、吴作战。良筹：

妙计，好策略。此句与筹笔驿故事照应。

4　"时来"二句：意谓成事在天，殆非人力。时运之来，天地可同力相助；运去之际，英雄亦束手无策。

5　孺子：指蜀后主刘禅。本句言蜀汉千里江山被刘禅（阿斗）轻易丧失掉。指魏之灭蜀事。

6　冠剑：代指政权和军队。谯周：字允南，蜀后主时任光禄大夫。景曜六年（263）夏，魏征西将军邓艾攻蜀，冬入蜀。蜀用谯周策，降于邓艾。本句言两朝（先主、后主）的政权和武装之丧失，应归恨于谯周。

7　"唯余"二句：意谓英雄得失，事业兴衰都已成为过去，只有筹笔驿岩石之下多情的嘉陵江水，还懂得年年傍着驿站流逝。

| 延伸阅读 |

雪

［唐］罗　隐

尽道丰年瑞，丰年事若何。

长安有贫者，为瑞不宜多。

皋　桥[1]

［唐］

皮日休

皋桥依旧绿杨中，闾里犹生隐士风[2]。

唯我到来居上馆，不知何道胜梁鸿[3]。

注释

1　皋桥：在江苏吴县（今江苏省苏州市）阊门内。汉代吴郡富豪皋伯通居此桥而得名。白居易《忆旧游》诗云"阊门晓严旗鼓出，皋桥夕闹船舫回"即写此。《后汉书·梁鸿传》载：梁鸿与其妻孟光至吴，依附皋伯通，居庑下，为人赁春。夫妻举案齐眉，相敬如宾。伯通感动，以礼待之，使居室内。

2　隐士风：指梁鸿之风。梁鸿家贫好学，不求仕进。过京师作《五噫歌》。先耕织于霸陵山中，后避祸入吴，为隐士。本句言梁鸿隐士之风犹存于闾里之中。

3　"唯我"二句：意谓梁鸿当日于皋桥伯通处曾居庑下，而自己此来却居于上馆，于是自问不知哪方面胜过梁鸿。

秋宿湘江遇雨 ¹

［唐］

谭用之

江上阴云锁梦魂²，江边深夜舞刘琨³。

秋风万里芙蓉国，暮雨千家薜荔村⁴。

乡思不堪悲橘柚⁵，旅游谁肯重王孙⁶。

渔人相见不相问，长笛一声归岛门⁷。

———
注释
———

1　湘江：又名湘水。源出广西兴安县海阳山，为湖南主要河流之一，流入洞庭湖。谭用之，字藏用，里居生卒年均不详，后唐明宗长兴（930—933）时在世。本篇写他秋夜宿湘江遇雨的情景，抒发羁旅之思。

2　"江上"句：写阴雨之夜宿于江边，渐入梦境。

3　刘琨：字越石，生于晋武帝泰始六年（270），卒于元帝建武元年（317）。曾与祖逖同官司州主簿，同寝席，中夜闻鸡鸣，同起舞。后祖逖被用胜敌，刘琨与亲故信云："吾枕戈待旦，志枭逆虏，常恐祖生先我着鞭。"忠于晋室，为段匹䃅所忌而被害。本句言梦中犹学刘琨深夜闻鸡起舞，谓壮志尚未消沉。

4 "秋风"二句：写湖南雨景。"芙蓉国"，泛指湖南。"薜荔"，又名木莲，亦名木馒头。茎蔓生，花小，隐于花托中。其实形如莲房，可入药。屈原《离骚》云"贯薜荔之落蕊"注云："香草也，缘木而生。"可见古来湖南多薜荔。

5 悲橘柚：屈原《九章·橘颂》云："后皇嘉树，橘徕服兮，受命不迁，生南国兮，深固难徙，更壹志兮。"橘柚"受命不迁"，"深固难徙"，而自己却羁旅在外，所以本句写见橘柚而生乡思，因乡思而生悲感。

6 王孙：《楚辞·招隐士》云："王孙游兮不归，春草生兮萋萋。"本句反用《招隐士》"不归"之意，言旅游者多有乡思而欲归，故不肯学王孙之不归。

7 "渔人"二句：写渔人吹笛自归，而不相顾问，表现出一种流落他乡的莫名孤独感。

游虎丘山寺[1]

[宋]

王禹偁

寺墙围着碧屏颜[2]，曾是当年海涌山[3]。

尽把好峰藏院里，不教幽景落人间[4]。

剑池草色经冬在[5]，石座苔花自古斑[6]。

珍重晋朝吾祖宅[7]，一回来此便忘还[8]。

———

注释

———

1　虎丘山：在江苏省苏州市阊门外山塘街，距城约七华里。春秋时，吴王夫差将其父阖闾葬于此。据传葬后三日，有白虎踞其上，故名"虎丘"；一说丘如蹲虎，以山形得名。"虎丘山寺"，东晋时，司徒王珣与其弟司空王珉在虎丘建别墅，后舍宅为寺，名曰"虎丘山寺"。唐避太祖李虎讳，改名武丘报恩寺。北宋至道年间（995—997）重建改称"云岩禅寺"。王禹偁，字元之，太平兴国八年（983）进士及第，授成武主簿，次年徙知长洲县。本篇当是任长洲知县时游虎丘所作，写游览时所见景色。

2　屏（chán）颜：同"巉岩"。高峻貌。本句意谓虎丘山寺围墙围着碧色高峻的虎丘。

3　"曾是"句：言虎丘当年曾称"海涌山"。海涌山为虎丘别名，或说古代曾是海中之山，故名。

4　"尽把"二句：言美好的山峰都藏在寺院里，似乎是不肯让幽丽的景色流落民间。与第一句墙围相呼应。咏虎丘的古诗有所谓"塔从林外出，山向寺中藏"和"红日隐檐底，青山藏寺中"，与此联意境相似。

5　剑池：池在虎丘山下，相传为吴王阖闾墓。因阖闾爱剑，下葬时以专诸、鱼肠等剑三千殉葬。池呈长方形，深约二丈。相传秦始皇和孙权都曾派人到此凿石求剑，均无所得，而留石池。

6　石座：又称"千人石"，是听说法的石座。据晋人《莲社高贤传》载：道生法师"被摈南还，入虎丘山，聚石为徒，讲《涅槃经》，……群石皆为点头"。本句意谓当年听道生法师说法的石座古来便有斑斓的石苔。

7　晋朝吾祖宅：指东晋王珣、王珉的别墅。即虎丘山寺的前身。王珣字元琳，小字法护，在桓温幕下为掾属，后为尚书右仆射。王珉，字季琰，王珣之弟。代王献之为中书令，献之为大令，珉为小令。王禹偁与珣、珉是否同宗，不必细考，古人认同姓名人为祖是常有的事。

8　"一回"句：言初次来游虎丘山寺，便流连忘返。之所以忘返，一为景色幽美，二为其祖旧宅。

西　湖 [1]

林和靖

混元神巧本无形 [2]，匠出西湖作画屏 [3]。

春水净于僧眼碧 [4]，晚山浓似佛头青 [5]。

棶栌粉堵摇鱼影 [6]，兰杜烟丛阁鹭翎 [7]。

往往鸣榔与横笛，细风斜雨不堪听 [8]。

———
注释
———

1　西湖：古为明圣湖，一名钱塘湖，亦名上湖，又称西子湖。在杭州市城西，因名西湖。三面环山，溪谷诸水汇而为湖。唐宋以后成为风景名胜之地。林和靖，名逋，字君复，杭州钱塘人。少孤力学，恬淡好古，结庐于西湖孤山，二十年不至城市。宋仁宗天圣六年（1028）卒，享年六十二岁。仁宗赐谥和靖先生。这首诗为居西湖孤山期间所作。

2　混元：古人用以指天地形成之初的原始状态。无形：古人以为有形之万物皆生于无形，故《淮南子》称"夫无形者，物之大祖也"。《公羊传·隐公元年》"君之始年"注："元者气也，无形以起，有形以分。"这句说西湖也是从无形的混元之气化出来的。所以次句接着说"匠出西湖作画屏"。

3　匠出：创造出。画屏：形容西湖风光美如画屏（画上画的屏风）。

4　僧眼碧：这里指胡僧碧眼。《高僧传》："达摩大师，眼绀青色，称碧眼胡僧。"这句以胡僧碧眼喻西湖春水之碧绿。

5　佛头青：古人雕佛像，其首多着青色，所以"佛头青"成了一种青色的名称。《本草纲目·金石·扁青》称，"今货石青者，有天青、大青、西夷回回青、佛头青、白青"。

6　栾：柱首承梁的曲木。在栌之上。栌：大柱头承托栋梁的方木。即薄栌、斗拱。粉堵：抹白灰的土墙。本句写湖滨亭榭斗拱及粉墙映入水中，其影与鱼随波摇动。

7　兰杜：兰花和杜若。均为香草。阁：同"搁"，搁置。鹭翎：白鹭鸶的翎毛。这句说在兰花杜若丛中，飘落白鹭的翎毛。以上两句写湖滨景物，而闲逸高雅之意自在其中。

8　榔：渔人驱鱼的用具。"鸣榔"，敲击驱鱼具，驱鱼入网。或可作渔歌节拍。柳永《夜半乐》词："残日下，渔人鸣榔归去。"这两句写在斜风细雨之中，听到渔人鸣榔之声和湖上传来的竹笛声，别有一种滋味。

鲁山山行¹

［宋］

梅尧臣

适与野情惬²，千山高复低。

好峰随处改，幽径独行迷³。

霜落熊升树，林空鹿饮溪⁴。

人家在何许，云外一声鸡⁵。

注释

1　鲁山：又名露山。在河南省鲁山县东十八里，孤峰高耸。县以此山得名。梅尧臣于宝元二年（1039）调知襄城县（今属河南）事，康定二年（1041）奉调湖州（今浙江省湖州市吴兴区）监税。本篇当是在任襄城令期间所作，是一篇写景的好诗，颇有唐诗风韵。

2　"适与"句：言山行所见景色正合爱好野趣的心情。

3　"好峰"二句：写山行感受。

4　"霜落"二句：写秋林景色如画。

5　"人家"二句：写高山居家，十分传神。与杜牧《山行》诗"白云生处有人家"意境相似。

琵琶亭 [1]

［宋］

欧阳修

乐天曾谪此江边 [2]，已叹天涯涕泫然 [3]。

今日始知予罪大，夷陵此去更三千 [4]。

注释

1　琵琶亭：唐宪宗元和十年（815），白居易因事被贬为江州司马。翌年秋送客溢浦口，闻琵琶女弹琵琶，作《琵琶行》记琵琶女之遭际并抒发自己迁谪之感。后人因在今江西省九江市临江建琵琶亭，相传亭址即白居易送客处。亭今已废。欧阳修于宋仁宗景祐三年（1036）上书为范仲淹申辩，得罪了吕夷简、高若讷，以"托附有私，诋欺罔畏"的罪名，贬为峡州夷陵（今湖北省宜昌市）县令。他"溯汴绝淮，泛大江，凡五千里，一百一十程，才至荆南"（《与薛少卿书》）。途经江州，在江边访琵琶亭，写下这首绝句，以抒发迁谪的感慨。

2　乐天：白居易字乐天。曾谪此江边：指被贬为江州司马事。

3　"已叹"句：言白居易谪江边已经感慨迁谪"天涯"而

流泪（指《琵琶行》"同是天涯沦落人""江州司马青衫湿"诸句）。

4 "今日"二句：承上句，意思说今日我才知道自己罪名大于白居易，因为夷陵离此还有三千里呢！话虽如此说，其实是表现了不服的心情。

| 延伸阅读 |

琵琶亭

［宋］梅 挚

陶令归来为逸赋，乐天谪宦起悲歌。

有弦应被无弦笑，何况临弦泣更多。

望太湖 [1]

［宋］

苏舜钦

杳杳波涛阅古今，四无边际莫知深 [2]。

润通晓月为清露，气入霜天作暝阴 [3]。

笠泽鲈肥人脍玉 [4]，洞庭柑熟客分金 [5]。

风烟触目相招引，聊为停桡一楚吟 [6]。

注释

1　太湖：古称震泽、具区，又称笠泽、五湖，地跨今江苏、
浙江两省。为我国五大淡水湖之一。苏舜钦于庆历四年（1044）
十一月，以进奏院祀神事，被诬告"监主自盗"，削职为民。
此案累及范仲淹及其岳父杜衍。舜钦自此南下苏州，治沧浪亭，
赋闲四年。此诗当是闲居苏州时望太湖之作。诗中描写了太
湖景物，并借以抒发政治感慨。

2　"杳杳（yǎo）"二句：写太湖之波涛无际，深不可测。
暗喻宦海风波。

3　"润通"二句：以晓月清露喻己之清白，以霜天暝阴喻王

拱辰之流之阴谋。亦"沧浪"之意也。

4　笠泽：太湖别名。鲈肥人脍玉：暗用晋张翰思鲈鱼脍返乡隐居故事。《世说新语·识鉴》载：张翰见秋风起，因思吴中鲈鱼脍，曰："人生贵得适意尔，何能羁宦数千里以要名爵。"遂命驾归。

5　洞庭柑熟：太湖之洞庭东山和西山产柑橘。

6　停桡: 停船。"桡"，划船的桨。楚吟: 指楚狂接舆佯狂而歌。事见《论语·微子》。接舆以楚昭王时政令无常而佯狂放歌。这里作者欲作楚吟，也是有感于当时是非不明、政治昏暗。身在吴中，不作"吴吟"，而作"楚吟"，自有深意在焉。

|延伸阅读|

太湖

[明] 马　愈

太湖何茫茫，一望渺无极。

但见青莲花，峨嵯水中立。

仙人双髻丫，弄影镜光碧。

皎皎山月高，船头几声笛。

发青阳驿[1]

[宋]

孔平仲

悠悠驱马汴河湾[2]，几处邮亭略解鞍。

春尽榆钱堆狭路[3]，晓阴花雨作轻寒。

山川相背图中画，日月双移坂上丸[4]。

行役渐多身渐老[5]，诗题聊寄旅程难。

————
注释
————

1 青阳驿：在宋泗州临淮县青阳镇，约相当于今安徽省泗县北六十里处。宋哲宗元祐三年（1088）孔平仲的哥哥文中卒，归葬南康（今江西省星子县）。诏以平仲为江东转运判官护葬事，提点江浙铸钱、京西刑狱。于是离开汴京（今河南省开封市）南下。本篇当是南下途经泗州临淮时所作。《至盱眙作》《入亳州界》当是同时之作。诗写南下途中旅况。

2 汴河：又称汴渠。隋炀帝所凿，为通往江都（今扬州市）水路。唐宋为漕运要道。

3 榆钱：即榆荚。榆树的果实。榆树未生叶前先生荚，形似钱而小，联缀成串，故称榆钱。作者另有《榆钱》绝句云："镂雪裁绡个个圆，日斜风定稳如穿。凭谁细与东君说，买住青春费几钱。"

4　"日月"句：言日月不停地运转，指时光之流逝。《礼记·月令》疏云："日似弹丸，月似镜体。或以为月亦似弹丸。"弹丸走坂，一去无回且不可暂留，故古人（李镜远）诗云："徒闻石为火，未见坂停丸。"

5　行役：指跋履山川的行旅之役。

| 延伸阅读 |

寄　内

[宋] 孔平仲

试说途中景，方知别后心。

行人日暮少，风雪乱山深。

重登宝公塔复用前韵（选一首）[1]

[宋]

王安石

空见方坟涌半霄[2]，难将生死问参寥[3]。

应身东返知何国[4]，瑞像西归自本朝[5]。

遗寺有门非辇路[6]，故池无钵但僧瓢[7]。

独龙下视皆陈迹[8]，追数齐梁亦未遥[9]。

———

注释

———

1　宝公：即宝志禅师。六朝时高僧。金城人，俗姓朱。少时出家道林寺，修禅业。宋太始初，忽居止无定，饮食无时；齐建元中，武帝以其惑众，收付建康（今南京市）狱。人常见其入市，及检狱中，尚在。后迎入华林园。梁高祖即位，下诏云："志公迹拘尘垢，神游冥寂，水火不能焦濡，蛇虎不能侵惧。"天监十二年（513）无疾而终。葬于钟山独龙阜，立开善精舍。处处传其遗像。事见《梁高僧传》及《传灯录》。"宝公塔"，即宝志禅师墓塔。原在钟山独龙阜。其址在今明孝陵。建明孝陵时迁葬今灵谷寺内。清查慎行《人海记》云：

"明孝陵，即梁名僧宝志瘗所。傍有八功德水，诚意伯（刘基）奏改葬之，乃见二大缶对合，启之，志公端坐于内，发被体，指爪绕腰矣。瘗既迁，水亦随往。太祖异焉，敕建灵谷寺赐之。庄田甚广，仍迎其像，建塔居之，命太常岁祭。"王安石咏宝公塔诗四首，一为《北山三咏·宝公塔》，诗云："道林真骨葬青霄，窣堵千秋未寂寥。塔势旁连大江起，尊形独受众山朝。云泉别寺分三径，香火幽人止一瓢。我亦鹫峰同听法，岁时歌呗岂辞遥。"一为《登宝公塔》（"倦童疲马放松门"），押十三元韵。本题"重登"二首，不押十三元而复用前（《宝公塔》）韵，押二萧韵。这里选的为第一首。其二诗云："碧玉旋螺恍隔霄，冠山仙冢亦寥寥。空余华构延风月，无复灵踪落市朝。帐座追严多献宝，供盘随施有操瓢。他方出没还如此，与物何心作迢遥。"三题非一时所作，本题二首情调较低沉，当是宋神宗元丰二年（1079）罢归居钟山后所作。

2 方坟：僧人葬处称石塔、墓塔，亦称方坟，皆梵语"窣堵波"之音转。《法华文句记》云："新云窣堵波，此云高显、方坟，义立也，谓安置身骨处也。"涌半霄：言耸出半空。佛家以为塔乃地中涌出。《妙法莲华经·宝塔品》言佛前七宝塔"从地涌出"。正如岑参《与高适薛据同登慈恩寺浮图》诗所说："塔势如涌出，孤高耸天宫。"

3 参寥：《庄子·大宗师》云："玄冥闻之参寥，参寥闻之疑始。"知参寥为庄子虚拟人名，含有高邈寥旷、不可名状之意。本句自《庄子》玄冥参寥化出。唐有参寥子，宋释道潜别号亦称参寥子，义亦出于《庄子》。宋之参寥子（道潜）与苏轼反对王安石变法，被勒令还俗。宋徽宗时曾肇辩其无罪，复落发为僧。然此人当与诗意无关。

4　应身：佛教指佛随宜显现为多种形象不同的佛身（即报身）为应身。这句意谓宝志身死后化佛，但不知他的报身回到哪里去了。

5　瑞像：指佛像。这里借喻宝志画像。言宝志自当朝西归。世传宝志公画像为唐吴道子所画，李太白作赞，颜真卿书写，刻于石，世称"三绝"。今尚存画像石复刻本，一存扬州博物馆，一存南京灵谷寺。李白《志公画赞》云："水中之月，了不可取。虚空其心，寥廓无主。锦幪鸟爪，独行绝侣。刀齐尺梁（量），扇迷陈语。丹青圣容，何往何所。"

6　遗寺：指钟山独龙阜开善寺。故址在今南京明孝陵。辇路：皇帝所乘车子经过的道路。本句言墓塔处于荒郊。

7　"故池"句：意谓志公所居旧址已无衣钵相传，只有和尚舀水的瓢了。指后继无人。

8　独龙：指钟山独龙阜。即今钟山明孝陵。

9　齐梁：南朝萧齐和萧梁两代。这两代是宝志公的主要活动时期。

八月七日初入赣过惶恐滩 [^1]

[宋]

苏　轼

七千里外二毛人，十八滩头一叶身 [^2]。

山忆喜欢劳远梦 [^3]，地名惶恐泣孤臣 [^4]。

长风送客添帆腹，积雨浮舟减石鳞 [^5]。

便合与官充水手，此生何止略知津 [^6]！

注释

1　宋哲宗绍圣元年（1094）阴历八月七日，苏轼南迁舟行赣江过惶恐滩作此。时轼被贬为宁远军节度副使、惠州安置。

2　"七千"二句：与柳宗元"一身去国六千里，万死投荒十二年"、黄庭坚"五更归梦三千里，一日思亲十二时"同一机杼。黄彻《䂬溪诗话》卷五："皆不约而合，句法使然故也。""七千里"，泛指故国至赣江的距离。"二毛"，指鬓发花白。"十八滩"，赣江有滩十八，在赣县（今赣州市赣县区）有白涧、天柱、小湖、鳖滩、大湖、铜盆、落濑、青洲、梁口九滩；在万安县有昆仑、晓滩、武朔、昂邦、大蓼、绵滩、漂神、惶恐九滩。见《嘉庆一统志》。"一叶身"，谓身在船上。一叶，指船。

3 "山忆"句：作者自注："蜀道有错喜欢铺，在大散关上。"意谓远梦乡关，却是"错喜欢"。

4 "地名"句：语意双关，借地名表达孤臣之惶恐。文天祥"惶恐滩头说惶恐，零丁洋里叹零丁"（《过零丁洋》），双关法同而意露。

5 "长风"二句：谓舟行得风水之便。"帆腹"，帆受风鼓起如腹。"石鳞"，水流石上，波起如鱼鳞。

6 "便合"二句：以谙于行舟喻善于处世。足见此老之旷达。"与官充水手"，为官船当船工。"知津"，知道过河的渡口。语本《论语·微子》：孔子过沮、溺，使子路问津，长沮询知执舆者为孔丘，曰："是知津矣。"

|延伸阅读|

海　棠

[宋]苏　轼

东风袅袅泛崇光，香雾空蒙月转廊。

只恐夜深花睡去，故烧高烛照红妆。

六月二十日夜渡海 [1]

[宋]

苏 轼

参横斗转欲三更 [2]，苦雨终风也解晴 [3]。

云散月明谁点缀，天容海色本澄清 [4]。

空余鲁叟乘桴意 [5]，粗识轩辕奏乐声 [6]。

九死南荒吾不恨，兹游奇绝冠平生 [7]。

———

注释

———

1　诗题又作《过海》。宋哲宗绍圣四年（1097）四月，苏轼再贬为琼州（今海南省海口市）别驾、昌化军（治所今海南省儋州市）安置。渡海登海南岛后，从琼州往西折南至儋州。元符三年（1100），哲宗死，徽宗即位。五月，苏轼改移廉州（今广西合浦县）安置。六月二十日夜渡琼州海峡时写下这首诗。

2　参横斗转：参宿和斗宿转移位置，表示时间在消逝。这句写深夜渡海。

3　苦雨：淫雨，久雨。终风：《诗经·邶风·终风》有"终风且暴"，毛传曰："终日风为终风。"刮了一整天的风叫终风，而且风力较大。这句写此夜是风雨初霁的夜晚。虽是写当时的气候，却暗寓政治感慨。所谓"也解晴"，可能是对改移廉州的慨叹。

4 "云散"二句：暗喻自己本来清白，被人陷害蒙耻，如今云散月出，得到澄清。《东坡志林》："青天素月，固是人间一快。而或者乃云：不如微云点缀。乃知居心不净者，常欲滓秽太清。"点缀微云语出《晋书·谢重传》："（谢重）为会稽王道子骠骑长史。尝因侍坐，于时月夜明净，道子叹以为佳。重率尔曰：'意谓乃不如微云点缀。'道子因戏重曰：'卿居心不净，乃复强欲滓秽太清邪！'"

5 鲁叟乘桴：语本《论语·公冶长》："子曰：'道不行，乘桴浮于海。'""鲁叟"指孔子。本句意谓改移北上，道或可行，可以了结"浮于海"的意念了。

6 轩辕奏乐：语本《庄子·天运》"帝（黄帝）张《咸池》之乐于洞庭之野"。"轩辕"，古史传说黄帝姓公孙，居于轩辕之丘，故名曰轩辕。这句以黄帝奏乐来说明约略了解到人生哲理。黄帝说他奏乐是"奏之以人，徵之以天，行之以礼义，建之以大清。夫至乐者，先应之以人事，顺之以天理，行之以五德，应之以自然，然后调理四时，太和万物。四时迭起，万物循生；一盛一衰，文武伦经；一清一浊，阴阳调和，流光其声"。（《庄子·天运》）苏轼体会到的哲理也就是清浊阴阳得失盛衰之理。

7 "九死"二句：旷达语，正表现出苏轼的豁达大度。"九死"，多次近于死亡。屈原《离骚》："亦余心之所善兮，虽九死其犹未悔。""南荒"，指贬所海南儋州。

游监湖 [1]

秦 观

画舫珠帘出缭墙 [2]，天风吹到芰荷乡 [3]。

水光入座杯盘莹，花气侵人笑语香 [4]。

翡翠侧身窥渌酒，蜻蜓偷眼避红妆 [5]。

蒲萄力缓单衣怯 [6]，始信湖中五月凉 [7]。

———
注释
———

1　监湖：即鉴湖，又名镜湖，一名长湖，亦称庆湖。在浙江省绍兴市西南。汉永和时太守马臻始环湖筑塘潴水以溉田。唐玄宗时诏赐贺知章镜湖剡溪一曲，故又称贺监湖。宋神宗熙宁后渐废湖为田。今湖面已大大缩小了。秦观，字少游，宋哲宗元祐初年，苏轼以贤良方正荐之于朝廷，除秘书正字兼国史院编修官；绍圣初为党籍案所累，出判杭州，以增损实录，复贬监处州酒税。本篇当是通判杭州时游监湖所作。写监湖景色，风韵柔美，有词人格调。

2　画舫珠帘：装饰华美的游览画船。缭墙：当是监湖环湖长堤，自湖外观之如绕墙。

3　芰：菱角。荷：荷花，莲花。"芰荷乡"，监湖产菱角和荷花，故称为"芰荷乡"。

4　"水光"二句：写乘船游湖的情况：船内排着晶莹透亮的杯盘和湖面的水光相互映照；湖面荷花的气味飘入船中，人们的笑语声也带着香气。

5　"翡翠"二句：言翡翠这小鸟在荷花上侧身窥看船内的绿酒；水面低飞的蜻蜓偷眼看船内的红妆歌女，又急忙避开了。写景极细腻，全用填词笔法。

6　"蒲萄"句：言葡萄酒的酒力不够劲，所以觉得衣单怕冷。

7　湖中五月凉：化用唐杜甫《壮游》诗："越女天下白，镜湖五月凉。"

|延伸阅读|

如梦令·春景

[宋] 秦　观

莺嘴啄花红溜，燕尾点波绿皱。

指冷玉笙寒，吹彻小梅春透。

依旧，依旧，人与绿杨俱瘦。

垂虹亭 [1]

[宋]

米 芾

断云一片洞庭帆 [2]，玉破鲈鱼金破柑 [3]。

好作新诗继桑苎 [4]，垂虹秋色满东南 [5]。

注释

1　垂虹亭：在江苏市吴县（今苏州市吴中区）东垂虹桥上。
垂虹桥，又名长桥，今名宝带桥。始建于唐元和元年（806），
宋庆历中吴县令李文重建。系五十三孔石桥（或说七十二洞）。
是江苏现存最长石桥。垂虹亭建于桥上。苏轼自杭州移高密，
与张先等夜半月出，置酒亭上夜饮。米芾（亦作黻），字元章，
太原（今山西省太原市）人，徙居襄阳（今湖北省襄阳市），
后移居吴（或说居京口，今江苏省镇江市）。本篇当是移家
吴中时所作，是咏垂虹亭的名篇。题又作《吴江垂虹亭作》。

2　一片：又作"一叶"。洞庭：指吴县西南太湖中的洞庭东
山和洞庭西山。洞庭盛产柑橘和鲈鱼。

3　"玉破"句：言太湖洞庭鲈鱼脍如玉片，柑橘皮色如金。
"破"，剖开。其意即细切玉色的鲈鱼，掰开金色的柑橘。"金

破柑"，一作"霜破柑"。

4　桑苎：桑树和苎麻。晋陶渊明《归园田居》其二："相见无杂言，但道桑麻长。""继桑苎"，一作"寄桑苎"。

5　"垂虹"句：言从垂虹亭看，东南已尽是秋光。总揽前三句。

| 延伸阅读 |

中秋登楼望月

［宋］米　芾

目穷淮海满如银，万道虹光育蚌珍。

天上若无修月户，桂枝撑损向西轮。

九日登戏马台 [1]

[宋]

贺 铸

当年节物此山川 [2]，倦客登临独悯然 [3]。

戏马台荒年自久，斩蛇人去事空传 [4]。

黄华半老清霜后 [5]，白鸟孤飞落照前。

不与兴亡城下水，稳浮渔艇入淮天 [6]。

注释

1　九日：指农历九月九日。俗称重九，又称重阳节。重九有登高的习俗。戏马台：在江苏省徐州市城南。相传为西楚霸王项羽的掠马台。晋义熙中刘裕（后为宋武帝）至彭城（今徐州），重阳节与宾僚会于戏马台，宴饮赋诗。今戏马台已重修一新，立项羽石雕像于台上。贺铸字方回，自称远祖为唐贺知章，故自号庆湖（镜湖）遗老。曾赴汴京任右班殿直；元丰元年（1078）官滏阳都作院，五年赴徐州领宝丰监钱官。本篇当是在徐州期间所作，借赋戏马台，抒发抑郁不得志的感慨。

2　节物：节日风物。这句写当年刘裕重九登台赋诗事。

3　"倦客"句：写自己登临戏马台的怅惘心情。贺铸在徐州所任为冷职闲差，无甚意绪，自谓"四年冷笑老东徐"，所以自称"倦客"。

4　"戏马台"二句：写楚之遗迹戏马台已荒芜，汉之事迹也已成为过去。寓今昔之慨。斩蛇人：指刘邦。相传刘邦为赤帝子，曾以剑斩白帝之子所化的巨蛇。

5　黄华：指菊花。重九有赏菊饮菊花酒的风俗。

6　"不与"二句：意思说只有这与古今兴亡了不相干的城下流水，稳稳地浮载着渔船送入淮河。"城下水"指泗水。

|延伸阅读|

九月九日登玄武山

[唐]卢照邻

九月九日眺山川，归心归望积风烟。

他乡共酌金花酒，万里同悲鸿雁天。

凌歊晚眺¹

［宋］

周紫芝

故乡南望几时回²，落日登临眼自开。

倚杖独看飞鸟去，开窗忽拥大江来³。

伤心不见姑溪老⁴，抱病还寻宋武台⁵。

岁晚无成吊遗迹，壁间诗在半灰埃⁶。

注释

1 凌歊：凌歊台。在安徽省当涂县城北小黄山。古时有石如案，高约五尺，或说即台址。凌歊台世传为刘宋孝武帝避暑处。周紫芝，字少隐，自号竹坡居士。宣城人。南宋高宗绍兴中登第。此诗当是江行经当涂黄山时所作。细味诗意，似是晚年作品。

2 故乡南望：作者故乡在宣城，位于当涂之南，故曰"故乡南望"。

3 大江：即长江。古时长江流经当涂黄山下。

4 姑溪：即姑熟溪，又名姑浦。在安徽省当涂县南，上承丹阳湖，下注于长江。"姑溪老"疑指北宋李之仪。李谪居当涂时自号姑溪居士。

5　宋武台：即凌歊台。宋武帝刘裕曾避暑于此。唐许浑《凌歊台》诗云："宋祖凌歊乐未回，三千歌舞宿层台。"可见刘宋时这里乃是繁华胜地。

6　"岁晚"二句：写荒台陈迹，并借以抒发一事无成的感慨。

|延伸阅读|

踏莎行·情似游丝

［宋］周紫芝

情似游丝，人如飞絮。

泪珠阁定空相觑。

一溪烟柳万丝垂，无因系得兰舟住。

雁过斜阳，草迷烟渚。

如今已是愁无数。

明朝且做莫思量，如何过得今宵去。

游山西村[1]

[宋]

陆　游

莫笑农家腊酒浑，丰年留客足鸡豚[2]。

山重水复疑无路，柳暗花明又一村[3]。

箫鼓追随春社近[4]，衣冠简朴古风存。

从今若许闲乘月，拄杖无时夜叩门[5]。

———
注释
———

1　山西村：山阴镜湖三山乡之西的村庄。今属浙江省绍兴市。陆游支持主战派将领张浚北伐，为当权的投降派所排挤，被罢掉隆兴（治所在今江西省南昌市）通判，回到镜湖三山。本篇为乾道三年（1167）初春在三山乡居时所作。诗中描写了农村春社之日的风俗，赞赏乡村景色和淳朴民风。

2　"莫笑"二句：写农村的富足。"腊酒"，腊月之酒。意指饮过农历年的酒。"鸡豚"，鸡和猪肉。

3　"山重"二句：写行于山村间的一种体验，后人常引作哲理诗句，表示绝处逢生。王安石《江上》诗云："青山缭绕疑无路，忽见千帆隐映来。"写水行。宋周晖《清波杂志》引强彦文诗云："远山初见疑无路，曲径徐行渐有村。"写山行。都有同样的体验，都可以赋予绝处逢生的哲理。

4 春社：古时祭祀社神之日称"社日"。汉以后一般用戊日，以立春后第五个戊日为春社，立秋后第五个戊日为秋社。据南朝梁宗懔《荆楚岁时记》载："社日，四邻并结综会社，牲醪，为屋于树下，先祭神，然后飨其胙。"

5 "从今"二句：谓此后拟趁着月光拄着拐杖闲游，自然会不时地夜里敲门，因为归得晚了。在悠闲的诗句背后，隐含着对投降派的激愤之情。他并不是真的就此消沉了。

|延伸阅读|

除夜雪

[宋] 陆 游

北风吹雪四更初，嘉瑞天教及岁除。

半盏屠苏犹未举，灯前小草写桃符。

鄂州南楼¹

［宋］

范成大

谁将玉笛弄中秋²，黄鹤飞来识旧游³。

汉树有情横北渚⁴，蜀江无语抱南楼⁵。

烛天灯火三更市⁶，摇月旌旗万里舟⁷。

却笑鲈乡垂钓手，武昌鱼好便淹留⁸。

———

注释

———

1　鄂州：宋鄂州江夏郡，即今湖北省武汉市武昌区。南楼：
又名白云楼，亦名岑楼，在江夏黄鹄山上，即今武昌蛇山之上。
范成大在宋孝宗乾道八年（1172）以后，曾流转于静江（桂林）、
成都等地当地方官吏。本篇当是往返于静江、成都途经江夏
（武昌）时所作。时当中秋，与地方官宴集南楼，赋诗以抒
感慨。

2　玉笛：李白《与史郎中钦听黄鹤楼上吹笛》诗云："黄鹤
楼中吹玉笛，江城五月落梅花。"南楼亦在黄鹄山上，故暗
用李白听笛句。

3　黄鹤飞来：黄鹄山上黄鹤楼，相传有仙人（或说费文祎）乘黄鹤憩此。唐崔颢《黄鹤楼》诗云："昔人已乘黄鹤去，此地空余黄鹤楼。黄鹤一去不复返，白云千载空悠悠。"这里反用其意，以黄鹤归来喻己之重游故地。"旧游"，往日的游踪。

4　汉树：指汉阳树。语出崔颢《黄鹤楼》诗："晴川历历汉阳树。"本句言汉阳草树横于北渚，隔江相望，似人之有情。

5　蜀江：即长江。长江自巴蜀而来，故亦称蜀江。蜀江无语，似乎能语而不语，唯脉脉含情抱住南楼。本句写江流，极传神。

6　"烛天"句：因时届中秋，故有万家灯火，直到三更时分尚未散市。

7　"摇月"句：写江面月照群舟，旌旗招展，场面颇为壮观。

8　鲈乡：指产鲈鱼的吴地。武昌鱼好：三国时孙权欲移都武昌，建业人作歌谣云："宁饮建业水，不食武昌鱼。"此反用其意。末两句因暂留武昌，故自我解嘲。

| 延伸阅读 |

横　塘

[宋] 范成大

南浦春来绿一川，石桥朱塔两依然。
年年送客横塘路，细雨垂杨系画船。

泊船百花洲登姑苏台 [1]

[宋]

杨万里

二月尽头三月初，系船杨柳拂菰蒲 [2]。

姑苏台上斜阳里，眼度灵岩到太湖 [3]。

注释

1　百花洲：今已失传。据诗意可推知百花洲在今苏州市吴中区木渎镇附近灵岩山侧。灵岩山下有划船坞，亦系当年泊舟之所。古时灵岩山周围多为水域，故船可通至山下。姑苏台：台址在何处说法不一，或说在姑苏山上，或说在灵岩山下。按唐人的说法，姑苏台在灵岩山下。刘禹锡咏馆娃宫诗，其题曰："馆娃宫在旧郡城西南砚石山，前瞰姑苏台，傍有采香径。梁天监中置佛寺，曰灵岩寺，即故宫也。信为绝境，因赋二章。"诗题明白指出姑苏台在砚石山（即灵岩山）下采香径旁。

2　菰：同"苽"。俗称茭白，可作蔬菜。蒲：香蒲。亦称甘蒲。丛生水际，根、茎可食。这两句写三月初系船百花洲。

3　"姑苏台"二句：言傍晚自姑苏台，眼光越过灵岩山石望太湖。

南安道中 [1]

［宋］

朱　熹

晓涧淙流急，秋山寒气深。

高蝉多远韵，茂树有余音。

烟火居民少，荒蹊草露侵。

悠悠秋稼晚，寥落岁寒心。

———

注释

1　南安：属宋福建路泉州清源郡，县治在州治西十三里。即
今福建省泉州市南安县丰州乡。朱熹，字元晦，号晦庵，徽
州婺源（今属江西）人，侨寓建阳（今属福建）崇安，后徙
考亭。南宋高宗绍兴十八年（1148）进士及第，任泉州同安（今
福建省厦门市同安区）主簿，聚徒讲学，后罢归，监潭州（今
湖南省长沙市）南岳庙。本篇当是任同安主簿途经南安时所作。
诗写南安秋日的荒寒景色。

大龙湫 ¹

［宋］

赵师秀

一派落虚空，如何画得同²。

高风吹作雨，低日射成虹³。

西域书曾说，先朝路始通⁴。

或言龙已去，幽处别为宫⁵。

注释

1　大龙湫：浙江雁荡山有大龙湫和小龙湫，均为瀑布。《广雁荡山志》载："大龙湫自石壁绝顶下泻，高五千尺。一名大瀑布。在西谷能仁寺五里许石凹中下泻，望若悬布。"赵师秀字紫芝，号灵秀，永嘉（今浙江省温州市）人。光宗绍熙元年（1190）进士，后任上元主簿。本篇当是出仕前在家乡游雁荡时所作，写大龙湫实景。

2　"一派"二句：言大龙湫瀑布自空而泻不可描画。极言其奇。

3　"高风"二句：言大龙湫自五千尺高的悬崖上下泻，四周凭空，风吹即散为雨点，日照则可见彩虹。

4　"西域"二句：言大龙湫虽是前朝才发现，但西域书中已经载及，声名已经远扬。

5　"或言"二句：言龙湫之龙已经飞去，别寻幽处以为龙宫。

| 延伸阅读 |

大龙湫之瀑

[清]袁　枚

龙湫之势高绝天，一线瀑走兜罗绵。

五丈收上尚是水，十丈以下全以烟。

况复百丈至千丈，水云烟雾难分焉。

武夷山中 [1]

[宋]

谢枋得

十年无梦得还家 [2]，独立青峰野水涯 [3]。

天地寂寥山雨歇，几生修得到梅花 [4]。

注释

---

1 武夷山：在武夷山市、南平市建阳区、光泽县交界的桂墩、大岚山一带。属仙霞岭山脉。相传古时有武夷君居此，故名武夷山。谢枋得，字君直，号叠山，信州弋阳（今属江西）人。德祐初（1275）授江东提刑，知信州。元兵东下，信州沦陷，乃变姓名入建宁（属福建）唐石山。宋亡，居闽中。福建参政强迫他北行出仕，至都，不食而卒。气节感人，门生私谥曰文节。本篇或即由闽北行经武夷山中所作。诗中表现了他的独立人格和高洁胸怀。

2 "十年"句：言居闽十年，未能实现还家的梦想。

3 "独立"句：以独立于武夷山溪水边喻己隐居闽中不变节。

4 "几生"句：言修身自洁。"梅花"，梅花迎寒而开，有冰肌玉骨，是清白高洁的象征，故诗人以梅花自拟。

少室南原 [1]

元好问

地僻人烟断，山深鸟语哗 [2]。

清溪鸣石齿 [3]，暖日长藤芽。

绿映高低树，红迷远近花。

林间见鸡犬，直拟是仙家 [4]。

———
注释
———

1　少室：少室山。在今河南省登封市境。与太室山合称嵩山，为五岳之中岳。少室山北麓有少林寺。少室南原指山南平旷之地，这里人迹罕到。元好问字裕之，生于金章宗明昌元年（1190），太原秀容（今山西省忻州市）人。当元兵围攻太原时，他避难至河南福昌县三乡镇（今河南省宜阳县）。金宣宗兴定二年（1218）又从三乡移家登封，在登封家居，前后达九年之久，曾参与农业劳动，躬耕陇亩。本篇为家居登封时所作，诗写少室南原的农村景色，优美如画。颇有陶渊明的"静穆"之性。

2　"山深"句：写少室山的鸟声，以烘托山野的荒漠幽静。

3　石齿：石角。水边高低不平的石角，水激有声。

4　"林间"二句：山林中见鸡犬，以为是仙人所居之处。知是农家所居，却以仙家比拟，意在说明此地如同仙境，清静无为。

| 延伸阅读 |

山居杂诗

［金］元好问

瘦竹藤斜挂，丛花草乱生。

林高风有态，苔滑水无声。

桐庐夜泊 [1]

[元]

吴师道

合江亭前秋水清[2]，归人罢市无余声。

灯光隐见隔林薄，湿云闪露青荧荧。

楼台渐稀灯渐远，何处吹箫犹未断[3]。

凄风凉叶下高桐，半夜仙人来绝巘[4]。

江霏山气生白烟，忽如飞雨洒我船[5]。

倚篷独立久未眠，静看水月摇清圆[6]。

注释

---

1 桐庐：桐庐县。县境有桐江，即浙江上游，今称富春江。
舟泊于江中。吴师道字正传，婺州兰溪（今浙江省兰溪市）
人。元英宗至治（1321—1323）年间进士及第。官至国子博士，
以礼部郎中致仕。本篇似是晚年出入故乡途经桐庐县境时所
作，诗中充满凄清闲逸之气。

2 合江亭：浙江流经建德市县梅城镇后称为桐江，东北流至

1
9
7

桐庐县，与天目溪（分水江）汇合于桐庐山（亦称桐君山）下。所谓"合江亭"当是桐江与分水江汇合处的亭子。

3 "灯光"四句：写秋夜舟行的情景。以灯光、楼台、箫声在耳目中的变化，来表现移舟远离市曹的情况，细腻而逼真。

4 "凄风"二句：写桐君山的传说。据《明一统志》载，相传以前有"异人"采药于此，在桐树下结庐而居。有人问其姓名，"异人"指桐树示意。后来便称这座山为"桐君山"，山上有桐君庙。所谓"凉叶下高桐""仙人来绝巘"，均暗写桐君"异人"。

5 "江霏"二句：写秋夜江景的迷茫境界。"霏"，飘扬。言山气飘扬如白烟。

6 "倚篷"二句：写夜半不眠倚篷看水月的情景。无限凄清之意见于言外。

永 州 ¹

［元］

陈 孚

烧痕惨澹带昏鸦，数尽寒梅未见花²。

回雁峰南三百里³，捕蛇说里数千家⁴。

澄江绕郭闻渔唱⁵，怪石堆庭见吏衙⁶。

昔日愚溪何自苦，永州犹未是天涯⁷。

注释

1　永州：汉零陵郡地，隋置永州，唐因之，宋设永州零陵郡，元为永州路。治所在今湖南省永州市零陵区。陈孚，字刚中，天台临海（今浙江省临海市）人。任翰林国史编修官，摄礼部郎中。曾出使安南（今越南）。本篇疑为使安南途经永州时所作，咏永州及柳宗元事。

2　"烧痕"二句：写早春风物，野火烧过的痕迹。

3　回雁峰：在湖南省衡阳市之南，为衡山七十二峰之首。或谓峰势如雁回旋；或谓雁之南来，至此而回。唐宋以来诗人便以为故实。实则其南亦有南飞雁。三百里：言永州在回雁峰之南三百里处。"三百"为约数。

4　捕蛇说：唐柳宗元在永贞革新失败后，被贬为永州司马，曾作《捕蛇者说》一文，抨击苛政猛于虎、毒于蛇的社会现实。"捕蛇"句谓如柳文所说被剥削者有数千家之多。

5　澄江：指湘江上游支流的潇水。潇水由永州城东南绕到城西北，与湘水汇合。汇合处称潇湘。闻渔唱：听到渔人的歌声和欸乃声。柳宗元《渔翁》诗"渔翁夜傍西岩宿，晓汲清湘燃楚竹。烟销日出不见人，欸乃一声山水绿"，写的即潇湘渔民生活。

6　吏簡：地方官办公处。

7　愚溪：柳宗元谪永州时名其居处之溪为愚溪（在今永州市零陵区柳子庙前），后人因以"愚溪"称柳宗元。"昔日"二句，谓当年柳宗元因何自寻苦恼，永州还不是"天涯"呢。言下之意，他还将南行至安南，那才真正是"天涯"。其实古人多以远谪处称"天涯"。

铜陵五松山中 [1]

[元]

宋 无

樵声闻远林，流水隔云深。

茅屋在何处，桃花无路寻。

身黄松上鼠，头白竹间禽 [2]。

应有仙家住，避秦来至今 [3]。

注释

1　铜陵：古属南陵，五代南唐置铜陵县。在今安徽省铜陵市。五松山：在铜陵市西南。山本无名，唐李白来游，取"五松"为名。李白《与南陵常赞府游五松山》诗云："我来五松下，置酒穷跻攀。征古绝遗老，因名五松山。"明胡震亨《唐音癸签》以为"一本五支"，故名五松。其实未必然。取名五松可指秦封五大夫松，可指五鬣松（亦作"五粒松"），可指五棵松。据李白诗意推测，当指五棵松。宋无，字子虚，苏州人。曾举茂才，以亲老不就。何时过铜陵五松山未详。本篇写五松山中所见，景色如在目前。

2　"身黄"二句：写松鼠和竹鸡。

3　"应有"二句：暗用晋陶渊明《桃花源记》故事：有避秦时之乱的居民入桃花源，过着和睦相处无为而治的神仙生活。陶渊明写桃花源未将居民写作仙，唐王维《桃源行》有句云"初因避地去人间，及至成仙遂不还"，后人遂将桃源作为仙境。本篇末二句所谓"仙家""避秦"，均承此意而来。

| 延伸阅读 |

蝉

[元]宋　无

高柳夕阳收，繁弘秦未休。

数声风露饱，一声古今愁。

凉思知秦树，衰鸣乱渭流。

年年离别处，岁曲送残秋。

过广陵驿 [1]

[元]

萨都剌

秋风江上芙蓉老，阶下数株黄菊鲜 [2]。

落叶正飞扬子渡，行人又上广陵船 [3]。

寒砧万户月如水 [4]，老雁一声霜满天 [5]。

自笑栖迟淮海客，十年心事一灯前 [6]。

注释

1 广陵：今江苏省扬州市。"广陵驿"，设在广陵的水驿（水路驿站）。萨都剌，字天锡，号直斋，自称雁门（今属山西）人。元泰定四年（1327），考中三甲进士，在镇江路总管府任京口录事司的达鲁花赤（蒙语"头目"之意）。京口与广陵驿一江之隔。本篇或即在京口任职时经过广陵驿所作。他中进士出仕已经五十五岁了，诗中流露出迟暮衰飒之感。

2 "秋风"二句：写节候。秋风吹来，夏日开花的芙蓉（荷花）已经老了，秋日开花的菊花刚刚开了几株。

3 "落叶"二句：写在广陵驿上船。

4 "寒砧"句：化用唐李白《子夜吴歌·秋歌》："长安一片月，万户捣衣声。秋风吹不尽，总是玉关情。""月如水"。借用唐赵嘏《江楼旧感》"独上江楼思渺然，月光如水水如天"。

5 霜满天：借用唐张继《枫桥夜泊》"月落乌啼霜满天"。

6 "自笑"二句：言客居淮海，颇有落莫之感。"淮海"，指今江苏省扬州市。古时扬州有淮海楼。"十年"句，化用宋黄庭坚《寄黄几复》诗："桃李春风一杯酒，江湖夜雨十年灯。"

| 延伸阅读 |

上京即事

［元］萨都剌

牛羊散漫落日下，野草生香乳酪甜。

卷地朔风沙似雪，家家行帐下毡帘。

登泰山 [1]

［元］

张养浩

风云一举到天关 [2]，快意生平有此观 [3]。

万古齐州烟九点 [4]，五更沧海日三竿 [5]。

向来井处方知隘 [6]，今后巢居亦觉宽 [7]。

笑拍洪崖咏新作 [8]，满空笙鹤下高寒 [9]。

———

注释

1 泰山：又作太山，亦称岱宗。五岳之东岳。主峰在山东泰安市北。张养浩，字希孟，号云庄，自称齐东野人，山东历城（今山东省济南市）人。本篇写作年代不详，似青年时代登泰山所作，颇有点浪漫精神。

2 风云：似云行借风而上，指登山。李白《游泰山》其四："云行信长风，飒若羽翼生。攀崖上日观，伏槛窥东溟。"天关：天门关。李白《游泰山》其六云："朝饮王母池，暝投天门关。"此指泰山南天门。

3 "快意"句：《史记·李斯传》载李斯上书："快意当前，

适观而已矣。"诗句暗用李斯用语，以写登山极目的感受。"快意"，舒畅，称心。

4 齐州烟九点：化用李贺《梦天》"遥望齐州九点烟"句，意同杜甫《望岳》诗"一览众山小"。

5 "五更"句：言登泰山日观五更看日出。元好问《东游记略》："太史公谓泰山鸡一鸣，日出三丈。而予登日观，平明见日出，疑是太史公夸辞。"诗意或出太史公（司马迁）语。

6 井处：处于井。意谓如处井中，但作井观（眼界狭隘）。《淮南子·原道训》："夫井鱼不可与语大，拘于隘也。"本句意思是说登泰山眼界宽了，故悟到以往如处井中，眼界狭隘。

7 巢居：上古时代人无居室，栖于树上，称巢居。唐尧时有隐士巢树而居，名之曰巢父。本句意谓今后即使隐居于小天地亦觉宇宙之大。

8 洪崖：传说中的仙人名。或说即黄帝的臣子伶伦，帝尧时已经三千岁，仙号洪崖（亦作"洪涯"）。晋郭璞《游仙诗》其三："左挹浮丘袖，右拍洪崖肩。""笑拍洪崖"自郭诗化出。

9 "满空"句：言群仙纷纷来下。仙人多吹笙骑鹤，故诗人多以笙鹤指代神仙。泰山为道教圣地，游山者往往联想到神仙之类。唐李白《游泰山》六首诗便多言及仙人之事。如"缅彼鹤上仙，去无云中迹"，"仙人游碧峰，处处笙歌发"之类。"高寒"，既高又寒，指天廷。

岳阳楼 [1]

［明］

杨 基

春色醉巴陵，阑干落洞庭 [2]。

水吞三楚白 [3]，山接九疑青 [4]。

空阔鱼龙气，婵娟帝子灵 [5]。

何人夜吹笛，风急雨冥冥 [6]。

———
注释
———

1　岳阳楼：在湖南省岳阳市城西洞庭湖畔，是我国江南名楼。
相传始为三国吴将鲁肃训练水师阅兵台。在唐代就很负盛名，
诗人孟浩然、李白、杜甫都有题咏。宋庆历间滕子京重修，
并请范仲淹撰《岳阳楼记》，声名益振。至今仍是海内外瞩
目的游览胜地。杨基，字孟载，其先嘉州（今四川省乐山市）
人，徙居吴中。洪武六年（1373）奉使湖广（今两湖两广）。
本篇当作于奉使湖广期间。写洞庭湖景色，颇有气势。沈德
潜《明诗别裁》倍加赞赏，评曰："应推五言射雕手，起结
犹入神境。"

2　"春色"二句：言巴陵春色如醉，纵横乱落洞庭湖中。化用李白《陪侍郎叔游洞庭醉后三首》（其三）："巴陵无限酒，醉杀洞庭秋。"巴陵"，山名，在岳阳之西，临洞庭。或说：羿屠巴蛇于洞庭，其骨若陵，故谓之巴陵。（见《寻江记》）"洞庭"，洞庭湖。

3　三楚：战国楚地，从黄淮至湖南一带有西楚、东楚、南楚之分，称三楚。

4　九疑：九疑山，即九嶷山。在今湖南省宁远县。

5　帝子：舜妃娥皇与女英，亦称二妃。"帝子灵"，洞庭湖君山有二妃墓。

6　"何人"二句：言笛声如急风密雨。化用唐李贺《秦王饮酒》"洞庭雨脚来吹笙"句意。"冥冥"，昏暗。形容雨之密集。

|延伸阅读|

登岳阳楼

[唐] 杜　甫

昔闻洞庭水，今上岳阳楼。

吴楚东南坼，乾坤日夜浮。

亲朋无一字，老病有孤舟。

戎马关山北，凭轩涕泗流。

吊岳王墓 [1]

[明]

高 启

大树无枝向北风[2]，十年遗恨泣英雄[3]。

班师诏已来三殿[4]，射虏书犹说两宫[5]。

每忆上方谁请剑，空嗟高庙自藏弓[6]。

栖霞岭上今回首，不见诸陵白露中[7]。

注释

1　岳王墓：即岳飞墓。在浙江省杭州市栖霞岭下西子湖滨。
岳飞初葬九曲丛祠，南宋孝宗时改葬于此。高启，字季迪，
吴县（今江苏省苏州市吴中区）人。本篇为青年时代游杭州
时所作，借凭吊岳飞，抒发对南宋君臣误国的感慨。

2　"大树"句：言宰树（墓木）没有一枝朝北的。据记载，
岳飞墓的墓木其枝均南向，意谓忠于南宋朝廷。

3　十年遗恨：岳飞抗金十年，正拟乘胜追击，直捣黄龙府，
却被诏还。班师之际，东向再拜，说："十年之力，废于一旦！"
（《宋史·岳飞传》）沈德潜《明诗别裁》云："诸本作'千

年遗恨’，应以‘十年’为典。"

4 "班师"句：岳飞破金人"拐子马"（三骑相连），在朱仙镇告捷之后，正拟渡河北上，直捣金兵巢穴。秦桧急于投降，言岳飞孤军不可久留，乞令班师。岳飞一日奉十二道金字牌，被迫班师。"三殿"，指南宋朝廷。杜甫《送翰林张司马南海勒碑》诗："诏从三殿去，碑到百蛮开。"赵次公注：大明宫麟德殿有三面，以"三殿"为名。

5 "射虏"句：意谓投金国书仍然提起徽宗、钦宗（被掳北去）两位皇帝。这是对宋高宗赵构和奸臣秦桧的讽刺。既已令班师，打算投降，自然不想收复失地、迎回被掳的二帝，却在国书中提起二帝，岂不可笑！"射"，投。"射虏书"，投金邦的国书。"两宫"，指被金人掳去拘留在五国城的钦宗和徽宗。

6 "每忆"二句：言无人请上方宝剑除奸（秦桧），只能为高宗杀岳飞嗟叹。"高庙"，南宋赵构登帝位，庙号高宗，故称高庙。"藏弓"，《史记·淮阴侯列传》引谚语："狡兔死，良狗烹。高鸟尽，良弓藏。"这里指岳飞之被害。

7 "栖霞岭"二句：言在岳坟所在的栖霞岭上回望，不见南宋各代皇帝的陵墓，但见白露未晞。意思是说，岳飞这位忠臣埋骨栖霞山，有后人凭吊，而南宋诸帝坟陵却已荒芜了。

"诸陵"，南宋高宗、孝宗、光宗、宁宗、理宗、度宗的陵墓，在今浙江省绍兴市东十八公里宝山。元至元十五年（1278）被江南释教总统杨琏真伽发掘。

无诸钓龙台怀古 [1]

[明]

林　鸿

无诸昔建国，赤土疏王封 [2]。

筑台青冥上，垂钓沧江龙。

乘龙去不返，千载如飞蓬。

只今荒台上，寂历多遗踪 [3]。

我有太古怀，来吟江上峰。

天青海气灭，地古寒烟浓。

潭水绿万丈，秋岑碧千重 [4]。

登临未能已，落日催霜钟 [5]。

1　无诸：姓骓，越王勾践之后。为闽越（粤）王，秦并天下，废为君长，以其地为闽中郡。汉五年（前202）复立为闽越王，王闽中故地，都东冶。东冶位于今福建省福州市。据《汉书》无诸本传颜师古注：闽中郡为"泉州建安"。按，隋唐之前泉州治闽县，今属福州市。"无诸钓龙台"，即钓台山，在福州市城南九里。按旧记，汉东越王余善于此钓得白龙，以为瑞，因筑坛，曰钓龙台，后人呼为越王台，今名南台山，闽江经此。诗将此台属无诸，与旧记不合，传闻不一也。林鸿，字子羽，福清人，明初拜礼部员外郎。是闽中诗派的首领。本篇当是他在闽中看到传说中的无诸钓龙遗迹后所作的吊古之作。

2　"无诸"二句：写骓无诸入闽建国封王事。"赤土"，闽中多红壤，故称"赤土"。

3　"筑台"六句：写钓龙台的传说和遗迹。从诗中所写景象推测，传说中的钓龙台在闽江之滨。

4　秋岑：秋日的山峰。

5　霜钟：古时传说钟应霜气则鸣，故称"霜钟"。《山海经·中山经》："丰山……有九钟焉，是知霜鸣。"郭璞注："霜降则钟鸣，故言知也。物有自然感应而不可为也。"

上太行[1]

[明]

于 谦

西风落日草斑斑，云薄秋容鸟独还[2]。

两鬓霜华千里客，马蹄又上太行山[3]。

注释

1　太行：太行山。跨山西、河北、河南三省，主峰在山西省晋城市南。于谦，字廷益，钱塘（今浙江省杭州市）人。明成祖永乐十九年（1421）进士及第。宣宗宣德初授御史，以才迁兵部右侍郎，巡抚河南、山西。前后在任十九年，政绩显著，史称"威惠流行，太行伏盗皆避匿"；将离任，山西、河南吏民数千人伏阙上书请留于谦。本篇为再次巡行山西时所作。

2　"西风"二句：写登太行时所见秋日景色，旅况之孤寂见于言外。"斑斑"，花白杂色。"云薄"，天高云淡。

3　"两鬓"二句：两鬓斑白的暮年，再次骑马上太行。不言辛劳，而风尘劳瘁自在不言中。从这里可以看出于谦为官之清正。正如他在《咏煤炭》诗中所说："但愿苍生俱饱暖，不辞辛苦出山林。"

游岳麓寺 [1]

[明]

李东阳

危峰高瞰楚江干 [2]，路在羊肠第几盘 [3]。

万树松杉双径合，四山风雨一僧寒。

平沙浅草连天远，落日孤城隔水看 [4]。

蓟北湘南俱入眼，鹧鸪声里独凭栏 [5]。

注释

1　岳麓寺：在湖南岳麓山半山腰。古称衡岳七十二峰，回雁为首，岳麓为足，峙于长沙湘江西岸。山腰之岳麓寺，古与道林寺并称，今道林已废，岳麓尚存。寺又名麓山寺，相传创建于晋泰始四年（268）。明神宗更名万寿寺。唐李邕所撰并书《麓山寺碑》至今尚存。李东阳，字宾之，茶陵（今属湖南）人。以戍落籍京师（今北京）。天顺八年（1464）进士及第，授编修，充东宫讲官。何时游岳麓寺作此诗未详。诗写麓山寺景色和观感，有衰飒之象，似是暮年受制于刘瑾时所作。

2 危峰：高峰。指岳麓山。楚江干：指湘江之滨。寺在湘江西岸。

3 羊肠：指崎岖弯曲的小路。

4 孤城隔水看：言隔着湘江看长沙城。"城"指长沙；"水"指湘江。

5 "蓟北"二句：言在湘南望蓟北。"蓟北"，指当时的北京城。有归京之念。"鹧鸪声"，旅途闻鹧鸪，多有引发思归之意。

| 延伸阅读 |

题湖南岳麓寺

［唐］曹 松

海云山上寺，每到每开襟。

万木长不住，细泉听更深。

蝍沾高雨断，鸟遇夕岚沈。

此地良宵月，秋怀隔楚砧。

沧浪池上 [1]

［明］

文徵明

杨柳阴阴十亩塘 [2]，昔人曾此咏沧浪 [3]。

春风依旧吹芳杜 [4]，陈迹无多半夕阳。

积雨经时荒渚断，跳鱼一聚晚风凉。

渺然诗思江湖近，更欲相携上野航 [5]。

———— 注释 ————

1　沧浪池：在今江苏省苏州市沧浪亭。北宋苏舜钦于庆历四年（1044）十一月被诬罢官，携眷南下苏州，建沧浪亭，寄情山水。作《沧浪亭记》。亭下积水数十亩，旁有小山，高下曲折，与水相映带。水即所谓"沧浪池"。文璧字徵明，以字行，更字徵仲，号衡山，长洲（今江苏省苏州市）人。武宗正德初曾荐翰林待诏，不久辞归。长久家居吴中。本篇为家居时所作，颇有一种闲情逸致。

2　十亩塘：指沧浪亭下的沧浪池。在明代池水面积已剩约十亩了。

3　昔人：指宋人苏舜钦，为沧浪亭主人。咏沧浪：指苏舜钦所作《沧浪亭记》。语出《孟子·离娄上》："沧浪之水清兮，可以濯吾缨。"又见楚辞《渔父》。

4　芳杜：芳香的杜若。香草。

5　"渺然"二句：意谓由沧浪池引发江湖诗思，于是更欲泛野艇游于江湖。所谓"江湖近"，当指近于太湖。

| 延伸阅读 |

初晴游沧浪亭

［宋］苏舜钦

夜雨连明春水生，娇云浓暖弄阴晴。

帘虚日薄花竹静，时有乳鸠相对鸣。

艮岳篇 [1]

［明］

李梦阳

宋家行殿此山头，千载来人水一邱 [2]。

到眼黄蒿元玉砌，伤心锦缆有渔舟 [3]。

金缯社稷和戎日 [4]，花石君臣弃国秋 [5]。

漫倚南云望南土，古今龙战是中州 [6]。

注释

1 艮（gèn）岳：北宋宫苑，在今河南省开封市。《宋史·地理志》载，徽宗政和七年（1117）始于上清宝箓宫之东作万岁山，周十余里，直接南山。宣和四年（1122）徽宗自撰《艮岳记》，以为山在国之艮，故名艮岳。宣和六年，以金芝产于艮岳之万寿峰，又改名寿岳。自政和至靖康，积十余年，四方花竹奇石，悉聚于斯，楼台亭馆，不可以数计。徽宗晚岁亦患苑囿之众，国力不能支。李梦阳，字献吉，庆阳（今甘肃省庆阳市）人。父李正，官周王府教授，徙居开封。本篇当是青少年时代曾睹艮岳遗迹，有所感而作，以责徽、钦二帝。

2 "宋家"二句：言艮岳已荒。"行殿"，史载，艮岳有绛霄楼、巢凤阁、三秀堂、挥雪厅、漱琼轩、龙德宫、阳华宫。"此山"，指艮岳万岁山。

3 "到眼"二句：言眼前所见黄蒿之地原是玉砌的台阶殿堂，水中渔船原是锦缆拉牵的龙舟。现在一切都改易了。

4 "金缯"句：言赵宋王朝不惜以金帛土地换取议和，苟且偷安。"和戎"，对金议和。

5 "花石"句：言置花石纲，实乃弃国之举。"花石"，指花石纲。徽宗崇宁四年（1105）十一月，以朱勔领苏、杭应奉局及花石纲于苏州。政和七年（1117）秋七月，太湖、慈溪、武康之石，由水路运至汴京，十二月作万岁山。宣和五年（1123），朱勔于太湖取石，高广数丈，载以大舟，挽以千夫，凿河断桥，毁堰拆闸，数月乃至艮岳，赐号"昭功敷庆神运石"。及至金兵包围汴都，钦宗命取山禽水鸟十余万，尽投汴河，听其所之。又拆屋为薪，凿石为炮，杀鹿千头饷卫士。此句意谓败由奢也。

6 "漫倚"二句：言倚云南望，为南宋朝廷之偏安感到羞愧，因为古今真正的角逐，都是在中原地带，怎可弃汴都而南逃？

萧关北作 [1]

[明]

杨　巍

塞路山难断，胡天云不开 [2]。

遥惊戍火起，数见羽书来 [3]。

周室朔方郡 [4]，唐家灵武台 [5]。

客心正多感，羌笛暮堪哀 [6]。

———

注释

1　萧关：古关在今宁夏固原市东南，古县在今宁夏同心县东南，东南距固原市一百八十里。据诗意推测，此萧关当指古县萧关。其正北即唐朔方节度使所在地灵州及唐肃宗即位之地灵武（今宁夏灵武市一带）。杨巍，字伯谦，海丰（今属广东）人。嘉靖二十六年（1547）进士。万历中累官吏部尚书。曾擢右佥都御史，巡抚宣府（今北京至山西大同一带长城边卫）。又移抚山西，修筑沿边城堡。本篇或即巡边经萧关之北时所作，写边塞的荒漠之感。

2　"塞路"二句：写塞外云山，虽是一般景色，却自有战争气氛。"塞路"，塞外山路。"胡天"，北方的天空。"胡"
（古人指匈奴）居北方，故用以指塞北之地。

3　"遥惊"二句：虚写历史上有关萧关的战争。这是由古迹
引起的回忆和联想。

4　"周室"句：周室指周朝。实则郡县制始于秦朝，与"周
室"无涉。"朔方郡"为汉代所置。汉武帝以上郡分置朔方郡，
唐改为夏州，在灵武市之东，今宁夏白城子。

5　"唐家"句：谓唐代之灵武。唐灵州属朔方节度使。至德
元年肃宗在灵武即帝位，升灵武郡为大都督府，乾元元年复
为灵州。唐之朔方与汉之朔方实非一地，诗人误而为一。

6　"客心"二句：写边塞的凄凉之感。

| 延伸阅读 |

过文山祠

[明] 杨　巍

丞相名偏重，遗祠世共尊。

乾坤柴市远，日月蕙楼存。

一死消胡运，孤忠报汉恩。

中原还正统，辛苦向谁论。

杪秋登太华山绝顶 [1]

[明]

李攀龙

缥缈真探白帝宫 [2]，三峰此日为谁雄 [3]。

苍龙半挂秦川雨 [4]，石马长嘶汉苑风 [5]。

地敞中原秋色尽 [6]，天开万里夕阳空。

平生突兀看人意，容尔深知造化功 [7]。

———

注释

———

1　杪（miǎo）秋：秋末。太华山：即西岳华山。"太华山绝顶"，即南高峰落雁峰之上的天池。李攀龙，字子鳞，号沧溟，历城（今山东省济南市）人。嘉靖二十三年（1544）进士及第。历陕西提学副使。家居十年，复出为河南按察使。本篇当作于任副使期间，写登华山的感想，诗意沉着凝重。

2　白帝宫：古以西方为白帝所居，华山为西岳，受制于白帝。晋葛洪《枕中书》："金天氏为白帝，治华阴山。"

3　三峰：华山之上有三峰：西有莲花峰，南有落雁峰，东有朝阳峰。

4　苍龙：华山自北峰至中峰，中间有石脊如龙背，称苍龙岭。

秦川：泛指关中，即今陕西省境。

5　石马：泛指汉代在长安周围陵墓的石雕像。汉苑：泛指汉代的宫苑。此句承上句由苍龙岭之苍龙联想到秦川之雨，又由秦川联想到曾盛极一时的汉代帝王的宫苑和陵墓。由山川及于人事，有吊古伤今之意。

6　中原：指黄河中游中州一带。"石马"句写西望，此句写东望。

7　"容尔"句：意谓想必深知造化（大自然）之功。即理解大自然的创造力。容：宜。

| 延伸阅读 |

宿太华山寺

［明］张佳胤

石床横架万峰西，海上双珠入户低。

自是山中无玉漏，朝霞还有碧鸡啼。

登太白楼 [1]

[明]

王世贞

昔闻李供奉 [2]，长啸独登楼 [3]。

此地一垂顾，高名百代留。

白云海色曙，明月天门秋 [4]。

欲觅重来者，潺湲济水流 [5]。

———

注释

1　太白楼：国内太白楼有多处，有安徽采石太白楼、歙县太白楼，有山东济宁市太白楼，古代尚有湖北汉阳太白楼。本篇所咏为山东省济宁太白楼。又名太白酒楼。在济宁市南城垣上。相传太白在东鲁时曾游任城（今济宁市），饮于贺公酒楼。后人为盖太白楼。今楼为一九二七年重建，解放后重修。王世贞字元美，号凤洲，又号弇州山人。苏州府太仓州（今江苏省太仓市）人。嘉靖二十六年（1547）离家赴京（今北京市）会试，从此在京任官，结诗社。登太白楼之作，或即赴京途经济宁时所咏。诗歌潇洒奔放，有青年人气盛的特质。

沈德潜《明诗别裁》称："天空海阔，有此眼界笔力，才许作登太白楼诗。"

2　李供奉：李白于唐玄宗天宝初年被召入长安，供奉翰林院，世称之为李供奉。

3　长啸：李白《游泰山》诗云："天门一长啸，万里清风来。"

4　天门：太白诗有咏泰山南天门，有咏当涂天门山，然此句中之"天门"似不必坐实。即沈德潜所谓"天空海阔"者也。

5　济水：此"济水"当指流经济宁之大运河，古之通济渠。

| 延伸阅读 |

怀柔道中

[明] 王世贞

马足吾何限，山行稍自宽。

人家梅雨色，衣袖麦秋寒。

过瀑添新径，归云改故峦。

断肠沙雁起，一一向长安。

台　城 [1]

［清］

吴伟业

形胜当年百战收 [2]，子孙容易失神州 [3]。

金川事去家还在 [4]，玉树歌残恨未休 [5]。

徐邓功勋谁甲第 [6]，方黄骸骨总荒丘 [7]。

可怜一片秦淮月 [8]，曾照降幡出石头 [9]。

———

注释

———

1　台城：故址在今江苏省南京市玄武湖畔鸡鸣山南。三国时东吴后苑城，东晋成帝咸和年间修建为皇宫。南朝宋、齐、梁、陈均以之为禁城。宋洪迈《容斋续笔》云："晋宋间，谓朝廷禁省为台，故称禁城为台城。"台城之称由此而来。后来有的以台城代指南京。吴伟业，字骏公，号梅村，江苏太仓人。长于明，仕于清。清顺治十年（1653）四月，他出仕清廷之前，曾到金陵（今江苏省南京市）一游。明末朱由崧又在这里建立南明弘光朝。明朝的覆亡，使作者不胜感慨，才写下这首诗，以抒兴衰之感。

2 "形胜"句：言金陵这龙盘虎踞之地，明太祖朱元璋经过多次战争才攻下。

3 "子孙"句：言明太祖的子孙轻易地丢失了国土和政权。清顺治二年（1645），清兵攻陷南京，南明覆亡。

4 金川：金川门。本句言朱棣夺位事。洪武三十一年（1398），明太祖朱元璋去世，太子早死，长孙朱允炆即位，为惠帝。在北平的朱元璋第四子燕王朱棣举兵南下，攻入金川门，夺取帝位，是为成祖。"家还在"言明代朱家王朝尚存。

5 "玉树"句：以陈朝之亡，喻明亡之恨。"玉树歌残"，指陈后主叔宝所作《玉树后庭花》。诗句化用唐许浑《金陵怀古》："玉树歌残王气终，景阳兵合戍楼空。"

6 徐邓功勋：指徐达、邓愈二人的功勋。徐达随朱元璋起兵，为开国功臣，拜大将军，封信国公。洪武三年（1370）改封魏国公。邓愈亦随朱元璋起兵，破陈友谅有功，洪武初进右柱国，封卫国公。谁甲第：谓徐邓当年甲第（所居大厦）今复归于谁人！意指王侯第宅换新主，时移世改。

7 方黄骸骨：指方孝孺、黄子澄被害事。方孝孺字希直，惠帝时为侍讲学士，朱棣攻入南京，被杀，葬于今南京中华门聚宝山。黄子澄，名湜，官太常寺卿，曾向惠帝建议削藩，被朱棣所杀，葬于今江苏省昆山市马鞍山。

8 秦淮：秦淮河。源出溧水县东北芦山，西北合诸水经南京城东南，横贯城中，沿城西向北入长江。秦时所凿，故曰秦淮。"秦淮月"，唐杜牧《泊秦淮》诗："烟笼寒水月笼沙。"

9 降幡出石头：语出唐刘禹锡《西塞山怀古》："一片降幡出石头。"刘诗指晋之东下，吴之覆亡；本句意指明之覆亡。

顺治二年（1645）五月，清兵攻陷南京，朱由崧奔太平，大臣皆出降。"石头"，石头城，在南京清凉山。

| 延伸阅读 |

阻 雪

［清］吴伟业

关山虽胜路难堪，才上征鞍又解骖。

十丈黄尘千尺雪，可知俱不似江南。

钱塘观潮 ¹

［清］

施闰章

海色雨中开，涛飞江上台 ²。

声驱千骑疾 ³，气卷万山来 ⁴。

绝岸愁倾覆，轻舟故溯洄。

鸱夷有遗恨，终古使人哀 ⁵。

———

注释

———

1 钱塘：钱塘江。浙江下游。浙江杭州湾钱塘江口呈喇叭形，海潮来时，潮水从宽达一百公里的江口涌入，受两侧渐趋狭小的江岸约束，形成涌潮，称为钱塘潮。八月潮水最盛，波涛后推前阻，涨成壁立江面的一道水岭。潮头高时达三米半。奔腾澎湃，其势无匹。唐宋时杭州海门（今萧山市赭山和龛山之间）潮势最盛。宋周密《武林旧事》云："浙江之潮，天下之伟观也。自既望以至十八日为最盛。方其远出海门，仅如银线；既而渐近，则玉城雪岭际天而来。大声如雷霆，震撼激射，吞天沃日，势极雄豪。"施闰章，字尚白，号愚山，江南宣城（今安徽省宣城市）人。顺治六年（1649）进士及第，授刑部主事，充山东学政，迁江西参议，分守湖西。本篇当是南下经杭州时观涛所作，写出钱塘潮的惊险气势。

2 "海色"二句：言海涛在雨中卷来，如飞上江边高台。涛之拥来，如墙、如台、如山、如岳。

3 "声驱"句：写潮来之声，如千军万马。汉枚乘《七发》写观涛云："其波涌而云乱，扰扰焉如三军之腾装；其旁作而奔起也，飘飘焉如轻车之勒兵。"也是以兵马之声形容涛势。

4 "气卷"句：写涛势如山。晋苏彦《西陵观涛》诗云："洪涛奔逸势，骇浪驾丘山。"西陵即今浙江萧山西兴，这里的江涛即钱塘潮。在晋时涛势便如驱山。

5 "鸱夷"二句：用伍胥涛之说。《吴越春秋》载："吴王赐子胥剑，遂伏剑而死。吴王乃取子胥之尸，盛以鸱夷之器，投之江海。子胥因随流扬波，成涛激岸，随潮来往。""鸱夷"，皮囊。伍员（一作芸），字子胥，吴王大臣，为国立功而被诛，衔冤而死。死尸被盛在皮囊里扔入江中，化为涛神，驱潮来去。所以后人以浙江涛为子胥涛，又以子胥涛（亦作"胥涛"）泛指一般的江涛或海涛。

泊石湖有怀[1]

[清]

汪琬

江风逗余凉，辍棹自成赏[2]。

谷口霞已开，洲心月初上[3]。

遥闻欸乃曲，知是渔人唱[4]。

独树影萧条，孤鸿色惆怅[5]。

不见故人来，时向烟中望[6]。

———

注释

———

1　石湖：在江苏吴县（苏州市吴中区）盘门西南十里。诸峰映带，风景绝胜。宋范成大居此，宋孝宗赐额"石湖"，因自号石湖。汪琬，字苕文，号钝翁，晚号尧峰。江南长洲（今苏州市）人。顺治十二年（1655）进士，授户部主事，迁刑部郎中，以病乞假，归于尧峰山。康熙十八年（1679）中博学鸿儒科一等，授翰林编修，修《明史》，在史馆六十日，复病归，遂不出。其诗师承范石湖。本篇当是中年以后家居之作，其描摹石湖晚景，读之如身临其境。

2 "江风"二句：应题中之"泊"字。"辍棹"，停桡，泊舟。

3 "谷口"二句：言入谷口时见暮霞已映于西天，及至泊舟江心洲，夜月已升于东山。写夜色的变化如在目前。

4 "遥闻"二句：夜间万籁俱寂，听觉最灵。听到《欸乃曲》，便知是渔舟唱晚。"欸乃曲"，唐乐府近代曲名。唐诗人元结作。元结《欸乃曲》自序云："大历初，结为道州刺史，以军事诣都使。还舟，逢春水，舟行不进，作《欸乃曲》，令舟人唱之，以取适于道路云。"这里泛指渔人所唱的歌。

5 "独树"二句：由物及人，借景物抒写自己的孤寂惆怅之感。

6 "不见"二句：写题中之"有怀"。所怀对象不详，可理解为有怀友人，亦可理解为缅怀古人，或即怀念范成大，因宋诗人范成大曾居于石湖，又是作者所推崇的诗人。

|延伸阅读|

月下演东坡语（选一首）

[清] 汪 琬

自入秋来景物新，拖筇放脚任天真。

江山风月无常主，但是闲人即主人。

杜曲谒杜工部祠 ¹

[清]

屈大均

城南韦杜滈川滨²，工部千秋庙貌新³。

一代悲歌成国史⁴，二南风化在诗人⁵。

少陵原上花含日，皇子陂前鸟弄春⁶。

稷契平生空自许⁷，谁知词客有经纶⁸。

注释

1　杜曲：在陕西省西安市长安区南，杜陵原（即少陵原）之西，樊川之侧，韦曲之东。杜曲杜工部祠：又叫杜公祠，在杜陵原西畔。明嘉靖五年（1526）创建，万历五年（1577）和清康熙四十一年（1702）两度修葺。解放后又全面重修，并建立杜甫纪念馆。屈大均，初名绍隆，字翁山。明末诸生，遭乱弃世，出家修行。中年返初服，曾游吴北，走秦陇，又至代州上谷，放浪形骸。本篇系游秦中时所作，凭吊杜甫遗迹，深寓感慨。

2　"城南"句：长安城南杜陵原之侧有韦曲和杜曲，在樊川潏水之滨。古时俚谚云："城南韦杜，去天尺五。"不仅指其地之高，兼指此地所居多衣冠之族，亲近朝廷。

3　工部：杜甫入川依严武，严武表为节度参谋检校尚书工部员外郎，故世称之为杜工部。千秋庙貌新：指清代新修之杜公祠。

4　"一代"句：言杜甫诗歌反映有唐一代社会现实，富于历史价值。人称杜诗为"诗史"。

5　二南：指《诗经》中之《周南》和《召南》，均属《国风》。《国风》诗多写实。"二南"句谓杜甫继承了《诗经·国风》反映社会现实的优良传统。沈德潜《清诗别裁》评云："少陵诗史人皆知之，原本'二南'，作者独拈出也。"

6　"少陵原"二句：写杜公祠春日花鸟。"少陵原"，即杜陵原。杜公祠在原之西畔。"皇子陂"，在少陵原之西。杜公祠位于皇子陂。秦葬皇子，起冢于陂北原上，因名皇子陂。隋代更名永安陂。唐以后复旧名。

7　"稷契"句：言杜甫平生以稷契自许。杜甫《自京赴奉先县咏怀五百字》云："杜陵有布衣，老大意转拙。许身一何愚，窃比稷与契。""稷契"，传说中古代辅佐虞舜的两位贤臣。

8　经纶：整理丝缕，引申为筹划治理国家大事。"谁知"句谓杜甫这样的诗人，以稷契自比，亦有经国济世之才，可惜当时没人理解他。沈德潜《清诗别裁》评曰："词客有经纶，只救房琯一节，朱子深许之。"

晚登夔府东城楼望八阵图 ¹

[清]

王士祯

永安宫殿莽榛芜，炎汉存亡六尺孤 ²。

城上风云犹护蜀 ³，江间波浪失吞吴 ⁴。

鱼龙夜偃三巴路 ⁵，蛇鸟秋悬八阵图 ⁶。

搔首桓公凭吊处，猿声落日满夔巫 ⁷。

注释

1 夔府：夔州府。治所在今四川重庆市奉节县。八阵图：
又称"八阵碛"。《元和郡县图志》载，八阵图"在（奉节）
县西七里"。《太平寰宇记》云：八阵图在县西南七里。《夔
州图副》云：永安宫南一里渚下平碛上，周回四百八十丈，
中有诸葛武侯八阵图。聚细石为之，各高五尺，广十围，历
然棋布，纵横相当，中间相去九尺，正中开南北巷，悉广五尺，
凡六十四聚。或为人散乱，及为夏水所没，冬水退，复依然如故。
王士祯，字贻上，号渔洋山人，原籍山东诸城，后徙居新城。
清顺治十五年（1658）进士及第。次年出任扬州推官。康熙

初年官至刑部尚书。曾出使秦、蜀、楚、粤各地。本篇即出使巴蜀时所作，凭吊诸葛亮遗迹。

2 "永安宫"二句：咏托孤事。先主刘备于章武二年（222）率兵伐吴，败于夷陵（今湖北省宜昌市），退回白帝城。次年病死永安宫。临终将遗孤刘禅（后主）托付诸葛亮。"永安宫"，在奉节卧龙山下。史称，先主征吴败还，至白帝，改鱼复为永安而居之，后人因名其处曰永安宫。"莽榛芜"，草莽荆棘丛生，极言荒芜之状。"炎汉"，汉属"火德"，故称"炎汉"。刘备自称续汉统，故亦称"炎汉"。"六尺孤"，指后主刘禅。时年十七岁。

3 "城上"句：所谓"风云""护蜀"，意指诸葛亮有神助。李商隐《筹笔驿》："猿鸟犹疑畏简书，风云常为护储胥。"王诗借用李诗意象。

4 "江间"句：化用杜甫《秋兴》"江间波浪兼天涌"和《八阵图》"江流石不转，遗恨失吞吴"诗句，言刘备失于征吴。

5 "鱼龙"句：化用杜甫《秋兴》"鱼龙寂寞秋江冷"句意。"三巴"，此泛指巴蜀。

6 蛇鸟：指八阵图阵名。

7 "搔首"二句：言于桓温凭吊处凭吊八阵图，落日孤城，满耳猿声，有一种苍凉之感。"桓公"，晋代桓温。《晋书·桓温传》载，桓温征蜀，过八阵图遗迹。"诸葛亮造八阵图于鱼复平沙之上，垒石为八行，行相去二丈。温见之，谓'此常山蛇势也'。文武皆莫能识之"。"夔巫"，夔州巫峡。化用杜甫《秋兴》"夔府孤城落日斜"句意。

燕子矶 [^1]

[清]

徐延寿

冯夷吹浪啮山根 [^2]，云树千重暗白门 [^3]。

故垒尚闻双燕语 [^4]，空江曾见六龙奔 [^5]。

杨花暮雪行人路，杜宇春风古帝魂 [^6]。

扣柮中流频唤酒，客情难遣是黄昏 [^7]。

注释

1 燕子矶：在今江苏省南京市观音门外观音山。观音山北滨长江，西接幕府诸山，南连临沂诸山。悬崖峭壁，天然险阻。有石临江瞰水，形如飞燕，即燕子矶。磴道盘曲，丹崖翠壁，凌江欲飞。绝顶有亭，清高祖南下常登矶头。徐延寿，字存永，福建闽县（今福建省福州市）人。能诗，有《尺寸集》。钱谦益序其诗，特加称许。本篇咏燕子矶，凭吊明朝覆亡之迹，不胜感慨。沈德潜《清诗别裁》评曰："哀福王之出奔也。渐渐麦秀，于言中言外见之。"

2 冯夷：水神名。又作冰夷、冯迟。这里指长江流水。啮山根：言浪涛冲缺山脚堤岸。

3　白门：南朝刘宋都城建康城西门称白门。后因称金陵为白门。这里泛指南京。

4　"故垒"句：写燕子矶古为兵家要塞，故垒尚存。"双燕语"暗切燕子矶。

5　"空江"句：写福王之奔亡。明崇祯时朱常洵之子朱由崧袭封福恭王。崇祯十七年（1644）四月马士英迎由崧入南京，五月由崧自立为弘光帝。次年清兵南下，由崧奔亡太平，至芜湖被执，死于北方。"六龙"，古神话日所乘车驾以六龙。此指皇帝所乘之车。

6　杜宇：又叫杜鹃，又名子规。相传为古蜀帝魂所化，故啼声哀切。"杨花"二句，意在凭吊福王。

7　"扣枻"二句：写黄昏对酒，不言哀而自有一种哀思流露其间。"扣枻"，敲击船帮为唱歌打拍子。宋苏轼《前赤壁赋》："于是饮酒乐甚，扣舷而歌之。"

望雪山¹

[清]

乔 莱

未是峨眉境²，何来入座看。

蛮中晴亦雪³，徼外暑偏寒⁴。

云散千峰白，霜凝万壑丹。

鳞鳞望不尽⁵，指点是松潘⁶。

———
注释
———

1 雪山：在四川省松潘县南叠溪营西，为岷山起点。《元和郡县图志》云："雪山，在（松州嘉诚）县东八十里。春夏常有积雪，故名。"杜甫《绝句》"窗含西岭千秋雪"，即指此山。乔莱，字子静，一字石林，江南宝应（今属江苏）人。康熙六年（1667）进士及第，授内阁中书，举博学鸿儒，为翰林院编修，与撰《明史》。曾游蜀中，本篇即入蜀所作。作者自注："在咸州距会城二百余里，晓起登楼望之，九峰皆白。"按"咸州"应作"威州"，即今四川汶川县。县距会城成都二百余里。诗中描写作者在今汶川遥望雪山的情景。

2　峨眉：峨眉山。其主峰在四川省峨眉县。

3　蛮中：此指四川。古时以为西南蛮所居之地。

4　徼（jiào）：边界。"徼外"，泛指边远之地。雪山一带古时与吐蕃交界。

5　鳞鳞：指重重叠叠的山峰。这里指岷山山脉。

6　松潘：即松潘县。在四川西北。此地周朝为氐羌地，后魏为吐谷浑地，唐置松州，明设松州、潘州二州。今为松潘县。雪山在县境之内。

| 延伸阅读 |

绝　句

[唐] 杜　甫

两个黄鹂鸣翠柳，一行白鹭上青天。

窗含西岭千秋雪，门泊东吴万里船。

登嵩山绝顶 [1]

［清］

潘 耒

不辞触热上嵩巅，欲遣双眸尽八埏 [2]。

翠岭千重包楚塞 [3]，黄河一线下秦川 [4]。

长安远隔浮云外 [5]，乡国微分匹练边 [6]。

清啸一声鸾鹤应，随风飘去落何天 [7]。

———

注释

1　嵩山：在河南省登封市。五岳居中，称为中岳。山分太室、少室，又称二室。绝顶为太室峻极峰，唐武则天曾登封于此。潘耒，字次耕，又字稼堂，江南吴江（今属江苏）人。康熙十八年（1679）以布衣试中“博学鸿儒”，授翰林院检讨，与修《明史》。性好山水，历游名胜，各记以诗文，其登临怀古诸作，名流多为折服。本篇为游登封嵩山所作，声彻层霄，为览胜名篇。

2　“不辞”二句：写夏日炎天登嵩山绝顶。“八埏”，八方边际。《史记·司马相如传》封禅书：“上畅九垓，下坏八埏。”

埏，大地的边际。

3　楚塞：指楚地边界。"翠岭"句，写东望，群山千重接于楚地。

4　秦川：泛指今陕西省一带。"黄河"句，写西望，黄河如线自秦中东流而来。

5　"长安"句：化用李白《登金陵凤凰台》"总为浮云能蔽日，长安不见使人愁"。李诗虚写以抒骚愁；潘诗实中带虚，略有寄托。

6　"乡国"句：写东望吴江故乡，远在长江之滨。"乡国"，家乡。"匹练"，指长江。南朝谢朓《晚登三山还望京邑》诗："馀霞散成绮，澄江静如练。"

7　"清啸"二句：言登高长啸，如鸾鹤之鸣相应，随风远去，如入仙乡。写飘然欲仙之态，正与嵩山为道家仙境之说相呼应。"鸾鹤"为仙人之物，用以指代神仙境界。

|延伸阅读|

初见嵩山

［宋］张　耒

年来鞍马困尘埃，赖有青山豁我怀。

日暮北风吹雨去，数峰清瘦出云来。

乌 江¹

[清]

宋 荦

落日乌江系小船²，拔山气势想当年³。

一间古庙荒烟外，野鼠衔髭上几筵⁴。

———
注释
———

1　乌江：在今安徽省和县东北。今名乌江浦，土多黑壤，故
名。楚汉之争，西楚霸王项羽兵败垓下，在此自刎而死。《史
记·项羽本纪》云："项王乃欲东渡乌江。乌江亭长舣船待，
谓项王曰：'江东虽小，地方千里，众数十万人，亦足王也。
愿大王急渡。'"项羽以无面目见江东父老，不肯渡，乃自
刎而死。宋女诗人李清照《夏日绝句》云："生当作人杰，
死亦为鬼雄。至今思项羽，不肯过江东。"

2　小船：暗指乌江亭长待渡的小船。

3　拔山气势：项羽被刘邦困于垓下时作歌云："力拔山兮气
盖世，时不利兮骓不逝。骓不逝兮可奈何，虞兮虞兮奈若何！"

4　"一间"二句：写乌江项王庙之荒凉，对项羽的失败有无
穷感慨。"古庙"指项王庙。庙亦称西楚霸王灵祠，又称项王亭。

2
4
3

今存唐李阳冰所篆"西楚霸王灵祠",可知创建于唐以前。庙在乌江东南二华里,距县城东北五十华里。宋王安石《题乌江项王庙》诗云:"百战疲劳壮士哀,中原一败势难回。江东子弟今犹在,肯为君王卷土来!"

| 延伸阅读 |

题乌江亭

[唐]杜 牧

胜败兵家事不期,包羞忍耻是男儿。

江东子弟多才俊,卷土重来未可知。

石　门[1]

［清］

洪　昇

先贤逝已久[2]，予亦宿石门。

天寒鸟自归，林表斜阳昏。

吏隐计难得[3]，讵知忧世屯[4]。

栖栖终短褐[5]，此意向谁言。

———
注释
———

1　石门：石门山。在山东省曲阜市东北六十多里处。山有石
门寺，即今之玉泉寺。洪昇，字昉思，号稗畦，浙江钱塘（今
浙江省杭州市）人。清代著名戏剧家，著《长生殿》。本篇
为游齐鲁宿石门所作。诗中流露隐遁之意。

2　先贤：指曾寄居石门的前人。孔尚任《出山异数记》云：
"任以鲁诸生，读书石门山中。……山多洞壑及清泉佳木，
相传古之晨门吏隐于兹。唐张叔明，亦鲁诸生也，卜宅其麓；
杜子美有《访张氏隐居》诗，又有《与刘九法曹郑瑕丘石门
宴集》诗；李太白亦有《鲁城东石门送杜甫》诗，皆其处也。"

孔尚任又在石门建秋水亭。所谓"先贤"即指居石门之古先贤。然而孔尚任所说李、杜诗中之石门，并非全指此之石门山。李诗及杜诗之石门，有的指今兖州东之石门。

3　吏隐：谓隐于下位。此指孔尚任所谓"古之晨门吏隐于兹"（《出山异数记》）。《论语·宪问》："子路宿于石门。晨门曰：'奚自？'子路曰：'自孔氏。'曰：'是知其不可而为之者与！'"疏曰："意非孔子不能隐遁辟（避）世也。"晨门，看门的人。

4　讵：岂。屯：艰难。

5　栖栖：忙碌不能安居。《汉书·叙传》："栖栖遑遑，孔席不暖，墨突不黔。"短褐（hè）：粗麻或毛织的短衣。泛指贫苦平民的衣服。出仕称"释褐"，意即脱去平民服装，换上官服。本句意谓忙忙碌碌，而最终还只是一介贫困的平民。

马陵道 [1]

[清]

魏荔彤

战垒千秋沙草平，更无残戟碍春耕 [2]。

荒城夜半喧雷雨，还似当年万弩声 [3]。

注释

---

1 马陵道: 在今河北省大名县东南。春秋卫地。鲁成公七年(前
584)与晋、齐、宋、卫会盟于此。战国时为齐地。魏将庞涓
为齐将田忌、孙膑所败，自刎于此。《史记·孙子吴起列传》
云："孙子度其（庞涓）行，暮当至马陵。马陵道狭，而旁
多阻隘，可伏兵。乃斫大树白而书之曰：'庞涓死于此树下。'
于是令齐军善射者万弩，夹道而伏，期曰'暮见火举而俱发'。
庞涓果夜至斫木下，见白书，乃钻火烛之。读其书未毕，齐
军万弩俱发，魏军大乱相失。庞涓自知智穷兵败，乃自刭，曰：
'遂成竖子之名！'齐因乘胜尽破其军，虏魏太子申以归。
孙膑以此名显天下，世传其兵法。"魏荔彤，字念荔，直隶
柏乡（今河北省柏乡县）人。十二岁补诸生，以资入内阁中书，
复授漳州知府，署江苏按察使。本篇为南下经大名马陵道时

所作，咏孙庞大战遗迹。

2　"战垒"二句：言战国时齐魏孙庞之战至今未留下任何遗物。意即一切都已无影无踪，成为历史。"残戟"，折戟。杜牧咏三国赤壁之战有"折戟沉沙铁未销"句，此借其意，言折戟亦不存。

3　"荒城"二句：言夜半于荒城听雷雨之声，使人联想起当年孙膑万弩齐发大败庞涓的情景。立意新巧，饶有余味。

| 延伸阅读 |

赤　壁

[唐] 杜　牧

折戟沉沙铁未销，自将磨洗认前朝。

东风不与周郎便，铜雀春深锁二乔。

谢皋羽西台 [1]

汪沅

何事西台上，空山恸哭声[2]。

风云皆变色，天地竟无情。

竹石敲新裂[3]，江流恨不平。

客星祠咫尺，万古共澄清[4]。

———
注释
———

1　谢皋羽西台：南宋诗人谢翱（1249—1295），字皋羽，号
晞发子。福建长溪（今福建省福安市）人。元兵南下，曾随
文天祥抗元，任谘议参军。后闻文天祥捐躯，到富春山严子
陵垂钓处（在今浙江省桐庐西南），夜登西台，击石号哭，
祭奠文天祥。作《西台恸哭记》，并诗《西台哭所思》。汪沅，
字右湘，江南歙县（今属安徽）人。年少即以诗见重于世，
二十九岁辞世。本篇为西台吊宋遗民谢翱之作。

2　"何事"二句：写谢翱西台恸哭事。

3　"竹石"句：任松乡《谢处士传》载：谢翱哭奠文天祥时，

以竹如意击石，竹石俱碎。本句写此事。

4　客星祠：指东汉隐士严子陵祠。《后汉书·严光传》载：汉光武帝与严光有旧交，召光入朝叙旧，"因共偃卧，光以足加帝腹上。明日太史奏，客星犯御座甚急。帝笑曰：'朕故人严子陵共卧耳。'"故称严子陵祠为"客星祠"。祠在富春江边，今称"严先生祠"。建于北宋景祐年间。"客星"二句，言严子陵祠就在西台附近，子陵和皋羽二人万古共清，都是高洁的人物。

|延伸阅读|

西台哭所思

[清]谢　翱

残年哭知己，白日下荒台。

泪落吴江水，随潮到海回。

故衣犹染碧，后土不怜才。

未老山中客，惟应赋八哀。

2
5
0

游盘山 [1]

[清]

蔡寅斗

渔阳千里郁岧岌 [2]，第一名山压蓟东 [3]。

白练粘天飞绝顶 [4]，苍龙裂石挂遥空 [5]。

茫茫云气长城入，漠漠风烟古塞通 [6]。

何日相随石门叟 [7]，掉头还与问鸿濛 [8]。

注释

1　盘山：又名四正山、徐无山、盘龙山。相传三国曹魏田畴隐居于此，因名田盘山，省称盘山。在今天津市蓟州区西北十二公里，为燕山余脉。史称"京东第一名山"。蓟州区为古渔阳，或说为安史起兵叛唐发难处。蔡寅斗，字方三，江南江阴（今属江苏）人。乾隆十二年（1747）中举人，官国子助教。本篇为居京东游盘山时所作。原诗两首，此为第一篇，咏盘山形胜。

2　渔阳：隋置渔阳郡在今天津市蓟州区，唐改为蓟州，复改为渔阳郡。《蓟州图经》：州西北有渔山，郡在山南，故曰渔阳。

郁茏岋：山势险峻貌。

3　"第一"句：盘山为"京东第一名山"，在京东，故云"压蓟东"。山不在蓟东。

4　"白练"句：作者自注："《水经注》：徐无山上水可高二十余里，即今之盘山也。"按，《水经注·沽水》云："沟水又左合盘山水，水出山上，其山峻险，人迹罕交。去山三十许里，望山上水，可高二十余里。素湍皓然，颓波历溪，沿流而下，自西北转注于沟水。"所谓"白练粘天"，即指高二十余里之皓然素湍。

5　苍龙：作者自注："松名。"古称盘山上盘之胜以松，中盘之胜以石，下盘之胜以水。

6　"茫茫"二句：写于盘山西北远眺，见万里长城在茫茫云中，漠漠风烟中的古时要塞亦已沟通。

7　石门叟：指石门吏隐者晨门（看门的人）。见《论语·宪问》。本句意谓随隐者隐于盘山。

8　问鸿濛：亦作"问鸿蒙"。《庄子·在宥》云："云将东游，过扶摇之枝而适遭鸿蒙。鸿蒙方将拊脾雀跃而游。云将见之，倘然止，贽然立，曰：'叟何人邪？叟何为此？'……鸿蒙曰：'意！心养。汝徒处无为，而物自化。堕尔形体，吐尔聪明，伦与物忘；大同乎涬溟，解心释神，莫然无魂。万物云云，各复其根，各复其根而不知；浑浑沌沌，终身不离；若彼知之，乃是离之。无问其名，无窥其情，物固自生。'""掉头"句用《庄子》云将问鸿蒙典故，表现超然物外的处世态度。

黄　山¹

［清］

程之鵔

黄山三十六芙蓉²，浴罢汤泉曳短筇³。

仙乐疑闻缑岭鹤⁴，钵盂欲蓁鼎湖龙⁵。

迷漫云气皆成海，穿穴峰头半是松⁶。

始信到来仍不信，天工理外若为容⁷。

注释

1　黄山：古称黟山。相传因黄帝在此修炼，故名黄山。在今安徽省歙县、黄山市黄山区、休宁县、黟县交界处。方圆二百五十公里。有二湖三瀑二十四溪七十二峰，是世界著名的游览胜地。徐霞客曾说：“五岳归来不看山，黄山归来不看岳。”程之鵔，字羽宸，江南歙县（今属安徽）人。著有《练江诗钞》。其游踪几遍大江南北，及楚越东鲁，多登临凭吊之作。黄山在其故乡，故于黄山深有体验。本篇咏黄山，正道出黄山精神面貌。

2　三十六芙蓉：言黄山著名山峰有三十六峰。唐李白《送温处士归黄山白鹅峰旧居》诗云：“黄山四千仞，三十二莲峰。丹崖夹石柱，菡萏金芙蓉。”黄山峰峦不可胜数，名峰之数古来说法不一。

3 汤泉：又名汤池，亦称温泉，古名朱砂泉。温泉在黄山紫云峰下。水温可达摄氏四十二度。短筇（qióng）：短竹杖。“浴罢”句，言在黄山温泉沐浴之后，又拄杖登山。

4 仙乐：自注："鸟名。"唐宋之问《龙门应制》诗："微风一起祥花落，仙乐初鸣瑞鸟来。"缑岭鹤：《列仙传》载，仙人王子乔（一作"晋"）见桓良曰："告我家七月七日待我于缑氏山头。"果乘白鹤驻山巅，望之不到。举手谢时人而去。"缑岭"即缑氏山。在今河南省偃师市。"鹤"即仙鹤。

5 钵盂：自注："峰名。"鼎湖龙：《史记·封禅书》云："黄帝采首山铜，铸鼎于荆山下。鼎既成，有龙垂胡髯下迎黄帝。黄帝上骑，群臣后宫从上者七十余人，龙乃上去。余小臣不得上，乃悉持龙髯，龙髯拔，堕，堕黄帝之弓。百姓仰望黄帝既上天，乃抱其弓与胡髯号，故后世因名其处曰鼎湖，其弓曰乌号。"鼎湖在今河南省灵宝市南荆山之下。本句言钵盂似欲豢养迎黄帝升仙的鼎湖飞龙。

6 "迷漫"二句：写黄山云海和奇松。黄山有四大奇观，曰：云、松、泉、石。

7 "始信"二句：沈德潜《清诗别裁》评曰："予尝游黄山，始知此诗布置之稳。'始信'，犹云到此始知也；'不信'，犹言天地间无此幻境也。两层作一层，故妙。""始信峰"，在黄山东部，有巧石奇松，似皆天工特意安排。

度仙霞岭 [1]

[清]

黄子云

鸟道纡回上 [2]，猿声缥缈闻。

峰盘三百级 [3]，身入万重云。

天地闽中险，阴晴岭半分。

出关尽蛮语 [4]，端合作参军 [5]。

注释

1　仙霞岭：为浙江与福建界山。北距浙江省江山市一百里，南距福建省浦城县一百二十里。周回一百里。登山须越三百六十级，历二十四曲。皆高山深谷，易守难攻，为两浙之衿束，八闽之咽喉。黄子云，字士龙，江南昆山（今属江苏）人。身为布衣，富于诗才。著《野鸿诗的》。本篇为游闽过仙霞岭时所作，写仙霞岭之高险，令人读之如身临其境。

2　鸟道：高峻险绝的山路。

3　"峰盘"句：一般说峰盘有三百六十级。"三百"举其成数。

4　关：仙霞岭上有仙霞关。"出关"，指过仙霞关入福建境。

蛮语: 指闽语。福建话有福州话、莆仙话、闽南话、客家话多种。

5　参军：官名，明清称经历为参军；又作古参军戏角色名。参军戏主要由参军、苍鹘两个角色表演，多以滑稽诙谐讽刺时政。末句意谓入闽语言不通，只能扮演滑稽角色。

｜延伸阅读｜

度仙霞岭

〔明〕王毓德

已恨闽天道路赊，更堪回首隔仙霞。

潺溪已是他乡水，纵使东流不到家。